저니맨 김태식 7

설경구 장편 소설

초판 1쇄 찍은 날 § 2018년 1월 9일
초판 1쇄 펴낸 날 § 2018년 1월 16일

지은이 § 설경구
펴낸이 § 서경석

총괄팀장 § 최하나
편집책임 § 이선근
편집 § 김슬기

펴낸곳 § 도서출판 청어람
등록번호 § 제387-1999-000006호
등록일자 § 1999. 5. 31
어람번호 § 제1-2825호

주소 § 경기도 부천시 부일로 483번길 40 서경B/D 3F (우) 14640
전화 § 032-656-4452   팩스 § 032-656-4453
http://www.chungeoram.com
E-mail § chungeorambook@daum.net

ISBN 979-11-316-91601-4 04810
ISBN 979-11-316-91421-8 (세트)

설경구 **장편소설**

F U S I O N
F A N T A S T I C
S T O R Y

7

저니맨
김태식

청어람

저니맨
김태식

Contents

1. 와인드업 투구

"구속이 147㎞?"

"야! 이번 공은 148㎞야."

"스피드건 고장 난 거 아냐?"

"대체 뭐가 어떻게 돌아가고 있는 거야?"

태식이 선택한 공은 1구에 이어 2구도 몸 쪽 직구.

타석에 서 있던 이의상은 감히 배트를 내밀어볼 엄두도 내지 못하고 뒤로 물러나면서 놀라기 급급했다.

2구째 몸 쪽 직구 역시 140㎞대 후반의 구속이 전광판에 찍히자, 홈 관중들의 술렁임과 웅성거림이 더욱 커졌다.

그리고 3구째.

슈아악!

태식은 이번에도 몸 쪽 공을 던졌다. 그리고 타석에 서 있는 이의상도 계속 정신 줄을 놓고 있지는 않았다.

간신히 정신을 수습하는 데 성공한 이의상이 힘껏 배트를 휘둘렀다.

부우웅!

그러나 이의상의 배트는 텅 빈 허공을 갈랐다.

"스트라이크아웃!"

태식이 던진 세 번째 공.

직구가 아니라 체인지업이었다.

타자인 이의상의 타이밍을 완벽하게 빼앗아서 헛스윙을 이끌어낸 순간, 태식이 왼손을 쥐었다가 폈다를 반복했다.

찌르르.

전율이 일었다.

왼손의 손끝에서부터 일기 시작된 전율은 이내 온몸을 휘감았다.

'돌아… 왔다!'

내 투수 인생은 여기까지다.

이제 두 번 다시는 투수로서 마운드에 설 수 없다.

야수로 전향하기로 결정했던 날, 태식은 밤새 술을 마시며 울었다.

다시는 투수로서 마운드에 설 수 없다는 현실을 받아들이기 힘들었기 때문이다. 또, 소중한 것을 잃어버린 것처럼 상실감이 엄청났기 때문이다.

그런데……

기적이 일어났다.

투수로서 실패한 것은 물론이고 야수로 전향한 후에도 실패한 선수로 낙인찍혀 은퇴의 기로에 섰을 때, 태식에게 찾아왔던 기적.

그 기적이 벌어졌던 덕분에 다시 1군 무대에서 좋아하는 야구를 계속할 수 있게 됐다.

그것만으로도 충분히 행복하고 감사한 일이었다.

그렇지만 못내 허전함을 느꼈었다.

그런데 지금 다시 마운드에서 마음먹은 대로 공을 던지고 나자, 그 허전함이 거짓말처럼 사라졌다.

"스트라이크아웃!"

주심의 샤우팅을 들으며, 태식이 빙글 몸을 돌렸다.

134㎞.

전광판에 찍혀 있는 체인지업의 구속이었다.

"이제 스피드건이 제대로 작동하는가 보네."

"야, 방금 공은 직구가 아니라 체인지업이잖아!"

"헐. 삼구 삼진이다!"

"무슨 야수가 투수보다 공을 더 잘 던지는 거야?"

누구도 예상치 못했던 순간에 마운드로 올라온 태식이 이의상을 삼구 삼진으로 돌려세우자, 경기장의 분위기는 한껏 달아올랐다.

덩달아 태식의 가슴도 뜨겁게 달아올랐다.

마음 같아서는 포효성이라도 내지르고 싶었다.

또, 모두가 끝났다고 평가했던 나, 김태식이 다시 마운드에 돌아왔다고 고래고래 소리를 지르면서 알리고 싶었다.

그렇지만 태식은 냉정함을 유지하기 위해 애썼다.

마운드에 올라온 후 첫 상대였던 이의상을 삼구 삼진으로 돌려세웠지만, 아직 경기는 끝난 것이 아니었다.

9회 말 1사 1, 2루의 위기는 계속 이어지고 있었다.

'실점하면… 어려워!'

태식이 눈매를 가늘게 좁혔다.

오늘 경기에 우익수로 선발 출전 했던 태식이 경기 중에 투수로 포지션을 옮기면서, 원래 태식의 수비 위치였던 우익수 자리에는 임태규가 들어갔다. 그리고 자동적으로 오늘 경기 지명타자로 나섰던 강만호의 타순에 임태규가 들어서게 됐다.

강만호가 빠지고 임태규가 들어온 라인업 변화.

타선의 파괴력이 떨어지는 것은 당연했다.

그런 만큼 9회 말에 실점해서 동점을 허용한다면, 비록 연장에 접어들더라도 심원 패롯스가 승리를 거둘 가능성은 낮아진 셈이었다.

'내가 경기를 마무리해야 해!'

머릿속으로 빠르게 계산을 마친 태식이 고개를 돌려서 여울 데블스의 더그아웃 쪽을 살폈다.

절레절레.

삼구 삼진을 당한 이의상이 고개를 흔들면서 더그아웃으로 돌아가는 모습이 보였다. 그리고 여울 데블스의 더그아웃은 분주하게 움직이고 있었다.

'대타 작전!'

지금이 승부처라고 판단했기 때문일까.

이만술 감독은 대타자로 강호승을 기용했다. 그리고 팔짱을 낀 채 감독석에 앉아 있는 이만술 감독은 못마땅한 기색을 감추지 못하고 있었다.

'그럴 만하지!'

ㅡ투수진의 깊이가 얕다!

이만술 감독이 철저한 분석 끝에 찾아낸 심원 패롯스의 약점이었다. 그리고 오늘 경기에서도 이만술 감독은 심원 패롯스의 약점을 집요하게 물고 늘어졌다.

타석에 들어서는 타자들에게 끈질긴 승부를 주문해서 심원 패롯스 투수들의 투구 수를 늘리라고 지시했다.

여울 데블스 선수들은 이만술 감독의 지시를 충실히 이행했고, 그 결과 윌린 해멀스와 정기하를 마운드에서 내려가게 만드는 데 성공했다.

이때까지만 해도 이만술 감독은 오늘 경기의 승리가 눈앞으로 다가왔다고 판단했을 것이다.

그런데 이만술 감독이 전혀 예기치 못했던 변수가 등장했다.

바로 태식이 투수로 마운드에 선 것이었다.

절체절명의 순간에 마운드에 올라온 태식이 이의상을 삼구 삼진으로 돌려세우며 급한 불을 끄자, 이만술 감독의 심기는 불편하게 변해 있었다. 그러나 이만술 감독은 경험이 풍부한 노감독답게 이내 평정심을 되찾았다.

'어떤 작전을 펼칠까?'

태식이 고민에 잠겼다.

잠시 뒤 태식은 이만술 감독이 펼칠 작전을 어느 정도 짐작할 수 있었다.

'날 흔들려고 할 거야!'

태식이 마운드에 선 것.

무척 오랜만이었다.

아마 이만술 감독조차도 태식이 마지막으로 마운드에 섰던 것을 기억하지 못할 가능성이 높았다.

그러니 이철승 감독이 팀의 마무리 투수인 정기하를 내리고 야수인 태식을 마운드에 올린 것을 고육지책이라고 판단하고 있으리라.

'아닌가?'

태식을 등판시킨 이철승 감독의 선택을 고육지책이 아니라 모 아니면 도식의 도박수라고 판단했을 수도 있겠다는 생각이 들었다.

어쨌든.

"공은 빠르다. 그러나 투수로서 다른 능력은 없다!"

갑자기 마운드에 올라온 태식이 이의상을 상대하는 모습을 지켜본 이만술 감독은 아마 이렇게 판단할 터였다. 그런 만큼 투수라는 낯선 포지션을 경험하고 있는 태식을 흔들어놓을 수 있는 작전을 펼칠 가능성이 높았다.

'무슨 작전으로 날 흔들려고 할까?'

로진백을 집어든 태식이 고민에 잠겼다.

그리고 잠시 후.

'더블스틸!'

툭!

퍼뜩 더블스틸 작전을 떠올린 순간, 태식이 로진백을 떨어뜨렸다.

'멍청하긴!'

정기하에 이어서 마운드에 올라온 후, 자신이 범했던 실수를 뒤늦게 깨달은 태식이 고개를 절레절레 흔들었다.

다시 마운드에 서고 싶다는 것은 태식의 꿈이었다. 그렇지만 말 그대로 꿈일 뿐이라고 생각했다.

그런데.

그 꿈이 현실이 됐다.

그러니 어찌 흥분이 일지 않을 수 있을까.

'흥분하면 안 된다. 침착하자!'

이철승 감독의 부름을 받고 다시 마운드에 서게 된 순간, 태식은 흥분하지 말자고 몇 번씩이나 속으로 되뇌었다. 그리고 나름대로는 마운드 위에서 침착함을 유지한 채로 이의상을 상대했다고 자평하고 있었는데.

착각에 불과했다.

태식은 마운드 위에서 커다란 실수를 범했다.

바로 와인드업 투구를 했다는 것이었다.

'왜… 이런 실수를 했지?'

태식이 마운드에 올라왔던 때는 무사 1, 2루 상황이었다. 그리고 루상에 주자가 있는 경우, 세트포지션 투구를 하는 것이 일반적이었다.

그렇지만 태식은 이의상을 상대하는 내내, 세트포지션 투구를 하는 대신 와인드업 투구를 했다.

루상에 있는 주자의 존재를 깜박했기 때문에 본능적으로 세트포지션 투구가 아닌 와인드업 투구를 했던 것이다.

'흥분했어!'

침착하자고 몇 번씩이나 속으로 되뇌었지만, 흥분을 완전히 가라앉히지 못했기 때문에 나온 실책이었다.

'멍청하긴!'

그로 인해 자책하던 태식이 쓴웃음을 머금었다.

불행 중 다행이라면 태식이 이의상을 상대하는 사이, 루상의 주자들은 도루를 시도할 생각을 전혀 하지 않았다는 것이다.

'왜?'

태식은 이내 그 이유를 알아냈다.

오늘 경기에 우익수로 선발 출전 했던 태식이 갑자기 투수로 변신해서 마운드에 선 것, 그리고 이의상을 상대로 140㎞대 후반의 직구를 자유자재로 구사하며 삼구 삼진을 잡아냈던 것까지.

말 그대로 급작스러운 전개였다.

게다가 전혀 예상치 못했던 태식의 위력적이고 빠른 공에 놀라기 바쁜 나머지 미처 주루 플레이를 펼칠 생각조차 하지 못했던 것이다.

루상의 주자들만이 아니었다.

경험이 풍부한 이만술 감독조차도 태식이 세트포지션 투구가 아니라 와인드업 투구를 하고 있다는 것을 순간적으로 놓쳤다.

많이 당황했기 때문이다.

그러나.

이제는 상황이 달라졌다.

지금쯤이면 이만술 감독도 어느 정도 평정심을 되찾았을 것이었다. 그리고 이만술 감독은 태식이 루상에 주자가 있음에도 세트포지션 투구를 하지 않았던 것을 간파하는 데 성공했을 것이다.

그 사실을 간파했으니, 이제부터 태식이 마운드 위에서 보였던 약점을 노리고 파고들 확률이 높았다.

'전화위복(轉禍爲福)!

거기까지 생각이 미친 태식이 퍼뜩 떠올린 사자성어였다.

대타자로 기용되어 타석으로 들어서고 있는 강호승을 바라보고 있던 태식이 두 눈을 빛냈다.

'역으로 찌른다!'

주자를 루상에 두고 했던 와인드업 투구.

너무 흥분한 탓에, 또 마운드에 선 것이 너무 오래간만이었던 탓에 범했던 한심하기 짝이 없는 실수였다. 그렇지만 방금 그 실수를 이용할 방법이 떠올랐다.

'한번 해보자!'

태식이 혀를 내밀어 바싹 마른 입술을 훑은 후, 로진백을 집어 들었다.

대타자인 강호승이 타석에 들어선 순간, 용덕수가 사인을 냈다.

바깥쪽 직구.

용덕수가 요구한 공이었다.

이의상을 상대로 계속 몸 쪽 승부를 펼쳤다. 그러니 강호승을 상대로는 패턴을 바꾸어 바깥쪽 승부를 펼치자.

이런 의미가 담긴 사인이었다.

태식이 이의를 표하지 않고, 고개를 끄덕인 후, 용덕수가 앞으로 내밀고 있는 미트를 향해 공을 던졌다.

슈아악!

퍽!

태식의 손을 떠난 공이 용덕수가 내밀고 있던 미트로 정확히 빨려 들어갔다.

"스트라이크!"

절레절레.

막연하게 짐작했던 것보다 훨씬 더 빠른 공을 타석에서 직접 경험한 강호승이 고개를 내젓는 것이 보였다.

그렇지만 태식은 그 반응을 감상할 겨를이 없었다.

'움직인다!'

강호승을 상대로 첫 공을 던지자마자, 태식이 고개를 돌려서 힐끗 살핀 것은 이만술 감독의 움직임이었다.

그가 감독석에서 일어나서 분주하게 작전을 지시하는 것을 확인한 태식이 재차 두 눈을 빛냈다.

툭! 데구르르.

용덕수가 돌려준 공을 한 번에 잡지 못하고 태식이 바닥에 떨어뜨렸다.

"죄송합니다!"

방금 본인이 던진 공이 너무 강했기 때문에 태식이 놓쳤다고 판단한 용덕수가 사과했다. 그러나 용덕수는 사과를 할 필요가 없었다.

바닥에 떨어져 있는 공을 줍기 위해서 천천히 허리를 숙이던 태식이 희미한 미소를 머금었다.

용덕수가 던진 공이 강했기 때문에 공을 놓쳤던 것이 아니었다. 방금 공을 떨어뜨린 것은 일종의 연출이었다.

갑자기 투수로 마운드에 올라온 탓에 당황하고 흥분했다는 것을 이만술 감독에게 보여주기 위한 의도된 연출.

그런 태식의 의도는 제대로 먹혀든 것 같았다.

아까 이의상을 상대로 태식은 세트포지션 투구가 아닌 와인드업 투구를 했었다.

명백한 실수.

그렇지만 자신이 범했던 실수에 대해서 뒤늦게 깨닫고 나서도 태식은 그 실수를 바로잡지 않았다.

대타자로 기용된 강호승과 승부를 하며 초구를 던졌을 때도, 세트포지션 투구가 아닌 와인드업 투구를 했다.

'확신에 차 있어!'

이만술 감독의 표정이 확신으로 가득 차 있는 것을 확인한 태식이 용덕수를 살폈다.

바깥쪽 체인지업.

용덕수가 낸 사인이었다.

그러나 태식은 고개를 흔든 후 직접 사인을 냈다.

피치아웃!

태식이 낸 사인을 확인한 용덕수가 의외라는 시선을 던졌다.

혹시 사인을 잘못 본 것이 아닐까 의심하는 용덕수를 위해서 태식이 재차 피치아웃 사인을 냈다.

그제야 용덕수가 고개를 끄덕였다.

두 차례에 걸쳐 신중하게 사인 교환을 마친 태식이 이번에도 세트포지션 투구를 하지 않고 와인드업 투구를 했다.

타다닷!

타다다닷!

태식의 예상대로였다.

와인드업을 시작한 순간, 이만술 감독의 작전 지시를 받은 두 명의 주자가 동시에 스타트를 끊었다.

슈아악!

태식의 손에서 공이 떠나자마자 용덕수가 벌떡 일어났다.

피치아웃한 공을 받은 용덕수가 지체하지 않고 3루로 던졌다.

쐐애액!

탁!

용덕수의 송구는 3루수 김대희에게 정확히 전달됐고, 3루 베이스를 훔치려고 했던 2루 주자 장영운을 여유 있게 잡아냈다.

'잡았다!'

태식이 속으로 쾌재를 부르며 고개를 돌렸다.

경기가 뜻대로 풀리지 않아서일까?

이만술 감독은 미간을 찌푸린 채 고개를 절레절레 흔들고 있었다.

"약점이… 아니었습니다."

이만술 감독의 작전을 읽은 태식이 한 일은 더블스틸 작전을 예상하고 과감한 피치아웃을 한 것이 다가 아니었다.

비록 세트포지션 투구를 한 것은 아니었지만, 태식은 의도적으로 와인드업 투구 동작을 이전 투구보다 빠르게 가져갔다.

이것이 이만술 감독이 지시했던 회심의 작전인 더블스틸이 실패한 이유.

'이제 타자와의 승부에 집중한다!'

2사 2루로 바뀐 상황!

이미 더블스틸 작전이 실패한 이상, 2루 주자가 3루를 훔치기 위해서 도루를 할 가능성은 낮았다. 그래서 태식은 타자인 강호승과의 승부에 집중했다.

'빠른 공을 노릴 거야!'

아까 이의상을 상대할 때, 결정구로 체인지업을 사용했다.

그렇지만 이만술 감독은 경험이 없는 태식이 유인구를 던지는 것을 부담스러워 할 거라고 판단하고 있을 가능성이 높았다. 아니, 유인구를 제대로 구사하지 못한다고 판단하고 있을 가능성이 높았다.

그런 이유로 이만술 감독은 강호승에게 직구를 노리라는 지시를 했을 터였다.

바깥쪽 체인지업!

용덕수도 비슷한 생각을 한 걸까.

3구로 바깥쪽 체인지업을 요구했다.

그렇지만 태식은 이번에도 고개를 흔들었다.

몸 쪽 직구.

태식이 낸 사인이었다.

그 사인을 확인한 용덕수가 움찔하는 것이 느껴졌다.

강호승은 일발 장타를 보유한 힘 있는 타자.

몸 쪽 승부는 너무 위험하다고 판단했기 때문일 것이었다.

그러나 태식은 자신의 뜻을 밀어붙였다.

'승부를 짧게 끝낸다!'

슈아악!

와인드업을 한 태식이 공을 던졌다.

몸 쪽 높은 코스로 날아들고 있는 직구를 확인한 강호승이 마치 기다렸다는 듯이 배트를 휘둘렀다.

딱!

그러나 강호승의 배트 스피드가 구속을 따라오지 못했다.

높게 솟구친 타구는 내야를 벗어나지 못했다.

"콜!"

2루수인 임현일이 양팔을 크게 내저으면서 콜 플레이를 한 후 여유 있게 타구를 잡아내며 그대로 경기는 종료됐다.

최종 스코어 1 : 0.

와아!

와아아!

강호 여울 데블스를 상대로 심원 패롯스가 한 점차의 신승을 거두자, 홈 팬들의 환호성이 쏟아졌다.

특히 전혀 예상치 못했던 태식이 마운드에 올라서 9회 말의 위기 상황을 깔끔하게 넘긴 것으로 인해 환호성은 더욱 거셌다.

"진짜 끝내줬다."

"공 죽인다!"

"김태식, 최고다!"

"네가 우리 팀 에이스다."

자신에게 쏟아지고 있는 팬들의 환호성을 들으며 태식이 고개를 돌렸다.

150㎞.

전광판에 찍혀 있는 구속을 확인한 태식이 만족스러운 표정을 지은 순간, 포수 마스크를 벗어 던진 용덕수가 달려왔다.

"형!"

"왜?"

"형은 진짜……."

"진짜 뭐?"

"정체가 뭐예요?"

"너도 알잖아. 저니맨 김태식!"

태식이 대답한 순간, 용덕수가 절레절레 고개를 흔들었다.

"기어이 또 해냈네요."

금방이라도 울 듯한 표정을 짓고 있는 용덕수를 확인한 태식이 물었다.

"왜 울려고 그래?"

"좋아서요."

"……?"

"형이 너무 좋아서요."

용덕수가 소매로 눈가를 슥 문지른 후, 태식을 번쩍 들어 올렸다.

"왜 이래?"

"즐기세요."

"응?"

"형은 즐길 자격이 있으니까!"

용덕수는 힘이 장사였다.

용덕수의 팔에 안긴 채 허공에 번쩍 들어 올려진 태식이 쏟아지는 환호성 속에서 환하게 웃었다.

*   *   *

"검토 부탁드립니다."

송나영이 기사의 초고를 유인수의 앞으로 내밀었다.

<투타에서 맹활약한 김태식. 심원 패롯스의 가을 야구 희망을 이어나가다>

기사 제목을 슥 훑어본 유인수가 어김없이 딴지를 걸었다.

"타는 빼지?"

"네?"

"투타에서 맹활약이란 표현에서 타는 빼라고."

"왜요?"

"김태식이 말이야. 타석에서는 별로 한 게 없잖아."

4타석 3타수 무안타. 볼넷 하나.

심원 패롯스와 여울 데블스의 시즌 최종전.

김태식이 타석에서 남긴 기록이었다. 그리고 유인수는 지금 이 부분을 지적하고 있는 것이었다.

"역시 예리하시네요."

"무시하지 마라."

"……?"

"여기 앉아서 너랑 농담이나 따 먹고 있으니까 내가 우습게 느껴지는가 보지만, 이 자리를 괜히 지키고 있는 게 아니다."

유인수가 평소와 달리 장난기를 지우고 엄중한 표정으로 말했다. 그리고 그의 말은 사실이었다.

기자직은 무척 부침이 심하고 보직 이동도 잦은 편이었다. 그럼에도 불구하고 유인수가 꽤 오랫동안 자리를 꾸준히 지키고 있었던 것은 그에 걸맞는 능력이 있기 때문이다.

"넵, 알아 모시겠습니다."

"잘해라."

"명심하겠습니다."

"그럼 뺄 거지?"

"아니요."

"왜? 기사는 팩트가 중요하다고 내가 몇 번 말했어. 팩트가 빠지면……."

"재미도 감동도 없는 삼류 막장 소설이 된다!"

유인수가 입버릇처럼 자주 입에 올리는 표현이었다. 그래서 송나영이 이어질 말을 먼저 꺼내자, 유인수가 쩝 입맛을 다셨다.

"잘 알고 있네."

"저도 캡 말씀이 다 맞다는 것 정도는 알고 있습니다."

"그런데? 그런데 왜 안 뺀다는 거야?"

"그게… 표현이 이상하잖아요."

"응?"

"캡 말씀대로 타를 빼 보세요. 투에서 맹활약할 김태식, 심원 패롯스의 가을 야구 희망을 이어나가다. 어때요? 많이 이상하지 않아요?"

"좀 이상하긴 하네."

"그렇죠? 그러니까 그냥 넘어갑니다?"

"그렇게 해."

'응?'

유인수에게서 돌아온 대답을 들은 송나영이 의아한 시선을 던졌다.

예상했던 것보다 유인수가 너무 쉽게 물러난다는 생각이 들었기 때문이다.

'왜 이래?'

유인수가 평소와는 많이 다르다는 사실을 뒤늦게 알아챈 송나영이 그를 빤히 바라보고 있을 때였다.

"미스터리네."

"……?"

"어지간한 미스터리 소설보다 더 재밌어."

유인수가 고개를 갸웃하며 말했다.

"뭐가 그렇게 재밌으세요?"

"김태식이 말이야."

"김태식 선수가 왜요?"

"이상하잖아."

"이상하다고요?"

'제가 보기엔 김태식 선수보다 캡이 훨씬 더 이상하거든요!'

유인수에게 이렇게 쏘아붙이고 싶어서 입이 근질거리는 것을 송나영이 간신히 참고 있을 때였다.

"너도 잘 알겠지만, 내가 선수 보는 눈은 정확하잖아."

"뭐, 그건 저도 인정합니다."

일전에 김태식에게도 말했듯이, 유인수의 선수 보는 눈을 정확했다. 이것 하나만큼은 송나영도 인정하지 않을 수 없었다.

"그런데요?"

"내가 평가한 김태식은 퇴물이었어."

"퇴물… 이요?"

"그래. 당장 은퇴를 해도 이상하지 않은 퇴물. 그런데 트레이드를 통해서 심원 패롯스로 적을 옮긴 후에… 잘했어. 뭐, 그때까지만 해도 그럴 수 있다고 생각했어. 회광반조 비스무리한 거라고 판단했거든."

"회광반조? 그게 뭔데요?"

"회광반조도 몰라?"

"처음 들어보는데요."

"야! 명색이 기자인데 책 좀 읽어라."

송나영이 억울한 표정을 지었다.

직업이 기자인 만큼 송나영의 독서량은 결코 적은 편이 아니었다.

오죽하면 친구들이 활자 중독이라고 부를까.

그렇지만 회광반조라는 표현은 생소하기 짝이 없었다.

"회광반조가 무슨 뜻인데요?"

"죽기 전에 반짝 하는 것!"

"그게 어디서 주로 나오는 표현인데요?"

"무협 소설!"

"어쩐지."

송나영의 입맛을 다셨다.

나름 독서량이 많다고 자부하고 있음에도 불구하고, 회광반조라는 표현이 낯설었던 데는 이유가 있었다.

회광반조가 무협 소설에서 주로 등장하는 표현이었기 때문이다.

"그러니까… 방금 캡의 말씀대로라면 김태식 선수가 머잖아 죽을 거라고 예상했었다는 거세요?"

"넌 명색이 기자인데 왜 이렇게 무식하냐?"

"또 뭐요? 방금 캡이 말씀하신 회광반조의 뜻대로 풀이했을 뿐인데……."

"은유법, 몰라?"

"……?"

"그러니까 난 김태식의 최근 활약을 선수 생명이 끝나기 전에 반짝 활약하는 것이라고 판단했었어."

"아, 그런 뜻이었군요."

비로소 말귀를 알아들은 송나영이 작게 고개를 끄덕일 때, 유인수가 두 눈을 빛내며 다시 말했다.

"혹시 기연을 얻은 게 아닐까?"

기연!

신기한 인연이란 뜻이었다. 그렇지만 송나영은 방금 유인수가 꺼낸 기연이란 표현에 다른 뜻이 숨어 있을 거라 짐작했다.

"이것도 무협 소설에 등장하는 표현인가요?"

"맞아."

"어떤 의미인데요?"

"무협 소설의 주인공이 죽을 위기에 처했을 때, 기연을 얻고 다시 강해져서 돌아와. 주로 절벽에서 떨어졌다가 기연을 얻는 경우가 많은데… 너한테 이렇게 설명해 봐야 제대로 이해하기 힘들겠지? 그럼 어떻게 설명하면 좋을까? 아, 너 게임은 좀 했지?"

"조금 했었죠."

"조금은 무슨. 중독 수준이었으면서."

"제가 언제……."

억울한 마음이 든 송나영이 반박하려고 했지만, 유인수는 그녀의 말을 자르며 계속 말을 이어나갔다.

"버프야."

"네?"

"기연이라는 것 말이야. 무협 소설 속 주인공에게만 주어지는 일종의 버프와 비슷한 거야."

"캡!"

"왜 아직도 이해 못 했어?"

"그게 아니라⋯ 아직도 게임하세요?"

"응?"

"무협 게임 다시 시작하셨죠?"

"뭐, 가끔!"

"저한테는 게임 끊으라고 하셨잖아요."

송나영이 억울함을 참지 못하고 빽 소리를 지르자, 유인수가 움찔했다. 그리고 상황이 불리하게 흐르자, 유인수는 빠르게 화제를 전환했다.

"김태식이 말이야. 기연을 얻은 게 틀림없어."

"네?"

"어깨 수술했던 선수, 그것도 서른일곱이나 먹은 노장 선수가 구속이 150㎞에 육박하는 직구를 밥 먹듯이 던진다? 말이 안 되잖아."

"좀 이상하긴 하죠."

"그러니까 한번 알아봐."

"네?"

"김태식하고 친하다며? 그동안 공 많이 들였잖아?"

"그럼요."

"그러니까 무슨 기연을 얻어냈는지 한번 알아보라고."

"어떻게요?"

송나영이 질문하자, 유인수가 소리쳤다.

"야, 내가 그런 것까지 알려줘야 해?"

*　　　　　*　　　　　*

똑똑.

태식이 노크하자, 이철승 감독의 대답이 바로 돌아왔다.

"들어와!"

감독실 문을 열고 안으로 들어서자, 소파 상석에 앉아 있던 이철승 감독이 태식에게 자리를 권했다.

"여기 앉아. 마침 도착했으니 같이 보자고."

이철승 감독은 '위 러브 베이스볼'이 방영되고 있는 TV를 보고 있었다.

"아쉽게도 하이라이트 영상은 방금 끝났다."

이철승 감독이 웃으며 꺼낸 이야기를 들은 태식이 픽 하고 실소를 흘렸다.

불과 얼마 전, 태식은 이철승 감독을 찾아가서 경기의 하이라이트 영상을 보여준 적이 있었다. 오래간만에 주전 3루수로 복귀했던 김대희가 펼쳤던 호수비 장면을 보여주기 위함이었다.

그러나 당시 이철승 감독은 불쾌한 기색이 역력했다. 그 이유는 패했던 경기의 하이라이트 영상이었기 때문이다.

그렇지만 오늘 이철승 감독의 반응은 당시와 달랐다.

그리고 반응이 다른 이유는 하나.

오늘은 경기에서 이겼기 때문이다.

"재밌었는데."

이철승 감독이 슬그머니 덧붙인 말을 듣고서 태식의 입가에 머물러 있던 미소가 짙어졌을 때였다.

"심원 패롯스와 여울 데블스의 시즌 최종전 경기 하이라이트 영상을 확인하고 돌아왔습니다. 이병철 해설 위원님, 오늘 경기 정말 재밌었죠?"

"네, 한 시즌을 치르는 동안 몇 경기 나오지 않는, 정말 보기 드물 정도로 재미있는 경기였습니다."

'위 러브 베이스볼'의 진행을 맡고 있는 김연지 아나운서와 이병철 해설 위원도 오늘 경기가 무척 재밌었던 경기임을 인정했다.

"우선 오늘 경기 관전평부터 들어볼까요?"

"저는 심원 패롯스의 간절함이 만들어낸 승리였다. 이런 관전평을 남기고 싶네요. 김연지 아나운서도 아시다시피 두 명의 주축 투수인 톰 하디와 이연수가 각각 부상과 징계로 전력에서 이탈한 심원 패롯스 팀이 처해 있는 현재 상황, 말 그대로 최악이라고 해도 좋을 정도로 어렵습니다. 이렇게 어려운 상황임에도 심원 패롯스 팀은 와르르 무너지지 않고 정규 시즌 마지막까지 가을 야구 진출이라는 희망을 이어나가고 있습니다. 오늘 경기도 그 연장선상에서 볼 수 있을 것 같습니다. 비록 팀이 처해 있는 상황은 무척 어렵지만, 가을 야구에 꼭 진출하겠다는 선수들의 강한 의지와 투혼, 그리고 이철승 감독의 과감한 승부수가 만들어낸 승리였습니다."

"간절함이 만들어낸 승리다? 정말 멋진 표현이네요."

"괜찮았나요? 제가 또 야구 해설계의 음유시인으로 불리고 있지 않습니까?"

"에이, 그 정도는 아닌 것 같은데."

"못 믿으시면 포털 사이트에서 제 이름을 한번 검색해 보세요. 연관 검색어에 야구계의 음유시인이란 표현이 딱 뜹니다."

"굳이 그렇게까지는 하고 싶지 않네요."

"왜요?"

"작전 같아서요."

"무슨 작전이요?"

"실시간 검색어 순위에 이름을 올리기 위한 작전이요."

'톰과 제리'처럼 절대 한마디도 지지 않고 이병철 해설 위원과 툭탁거리던 이연지 아나운서가 다시 진행을 이어나갔다.

"잡담은 여기까지 하고, 경기 내적으로 좀 더 깊숙이 들어가 볼까요? 오늘 경기에서는 이 장면을 빼놓고 이야기를 할 수가 없죠. 우익수로 선발 출전 했던 심원 패롯스의 김태식 선수가 경기 도중에 투수로 변신한 장면, 정말 놀라웠어요."

"네, 저도 놀랐습니다."

"저와 이병철 해설 위원님만 놀란 게 아니었답니다. 김태식 선수가 포털 사이트의 실시간 검색어 순위 1위에 올랐다는 사실이 그만큼 많은 야구팬들이 관심을 가졌고, 또 놀랐다는 증거겠죠."

"실시간 검색어 순위 1위요?"

"네."

"부럽네요."

"너무 부러워하지 마세요. 그리고 이병철 해설 위원님도 실시간 검색어 순위에 오르셨던 적이 있잖아요."

"제가요?"

"지난번 저와 했던 내기에서 지시는 바람에 회식비를 쏘시고 난 후, 세상을 다 잃은 사람처럼 가슴 아픈 표정을 짓고 계셨던 인증샷이 저희 프로그램 홈페이지에 올라왔었잖아요. 그날, 이병철 해설 위원님의 이름이 포털 사이트 실시간 검색어 순위 10위까지 오르셨답니다."

"그건… 별로 기쁘지 않네요."

"왜요?"

"명색이 야구인인데 야구와 관련해서 실시간 검색어 순위에 오른 게 아니니까요."

씁쓸한 표정을 짓고 있던 이병철 해설 위원은 이내 화제를 돌렸다.

"자, 다시 야구로 돌아가서, 이번 김태식 선수의 등판은 충격적이었습니다. 물론 투수가 아닌 다른 포지션에서 뛰던 야수가 경기 도중에 마운드에 올라온 경우가 아주 없지는 않습니다. 제가 자료를 뒤져보니까 약 삼 년쯤 전에도 청우 로얄스 소속 외야수인 이민기 선수가 경기가 연장에 접어들자 마운드에 올랐던 적이 있었습니다."

"그런가요?"

"당시 경기가 연장에 접어들었고, 청우 로얄스의 불펜 투수인 임영호 선수가 갑작스러운 부상을 당했었죠. 그 부상으로 인해 임영호 선수가 더 이상 공을 던질 수 없게 됐는데, 청우 로얄스의 엔트리에는 투수가 더 이상 남아 있지 않았습니다. 그래서 외야수였던 이민기 선수가 마운드에 올라왔어요."

"그때는 어떤 결과가 나왔죠?"

"2사 후였기 때문에 이민기 선수는 딱 한 선수만 상대했습니다. 깊숙한 외야플라이가 나왔는데 호수비 덕분에 실점하지 않고 이닝을 마무리했었죠. 어쨌든 국내 유소년 야구 특성상 야수와 투수를 겸하는 케이스가 많기 때문에 야수들 가운데도 투수 못지않게 좋은 공을 던지는 선수들이 있습니다. 그래서 이런 일들이 간혹 생기는데… 그리 일반적인 케이스는 아닙니다. 국내 프로야구의 역사가 길어진 덕분에 점점 체계가 잡히면서 분업화가 이루어져 있기 때문이죠. 어쨌든 저는 이번 김태식 선수의 등판을 보면서 두 가지 측면에서 놀랐습니다."

"어떤 측면에서 놀라셨습니까?"

"우선 김태식 선수의 구위였습니다."

"구위가 좋았죠?"

"두말하면 잔소리죠. 140km대 후반의 직구를 던지는 좌완 파이어볼러는 지옥에 가서라도 데려와야 한다. 김연지 아나운서도 이런 이야기는 들어보셨죠?"

"네."

"김태식 선수가 대체 왜 야수로 전향했는지 이해가 가지 않았을 정도로 구속과 구위 모두 아주 뛰어났습니다. 그리고 또하나 제가 놀란 이유는 이철승 감독의 결단력 때문이었습니다. 김연지 아나운서도 아시다시피 만약 오늘 경기에서 패했다면 심원 패럿츠의 가을 야구 진출에 대한 희망의 불씨는 완전히 꺼지는 상황이었습니다. 그렇게 중요한 경기, 그것도 한점차의 살얼음판 승부에서 검증이 되지 않은 김태식 선수를마운드에 올렸다는 것. 보통 배짱으로 할 수 있는 결정은 아니거든요."

"네, 말씀 잘 들었습니다. 그럼 이번에는 오늘 경기의 핫 포인트를 알아볼까요? 이병철 해설 위원이 선택하신 핫 포인트 장면, 어떤 장면일지 저도 짐작이 가는데요."

"김연지 아나운서의 짐작이 맞을 겁니다. 자, 함께 보시죠."

화면이 바뀌며 등장한 것은 태식이었다.

우익수 포지션에 서 있던 태식이 마운드로 뛰어오는 모습.

마운드에 선 태식을 보고 당황한 홈 팬들의 모습.

태식이 아리랑볼에 가까운 연습 구를 던지는 모습.

연습 구를 던질 때와는 전혀 딴판인 140㎞대 후반의 구속을기록한 강속구를 던진 순간 이의상이 화들짝 놀라며 고개를내젓는 모습.

그리고 빠르고 힘 있는 직구를 앞세워서 이의상을 삼구 삼진으로 돌려세우는 모습까지.

그 영상을 지켜보던 태식이 왼손을 쥐었다 펴기를 반복했다.

꽤 시간이 흐른 후였지만, 여전히 오래간만에 마운드에 서서 투구를 했던 여운은 남아 있었다.

흥분과 긴장, 그리고 전율까지.

'다시 마운드에 서고 싶다!'

태식이 부지불식간에 욕심을 품었을 때, 화면은 다시 스튜디오로 넘어갔다.

"다시 봐도 멋진 투구였습니다."

"네, 기가 막힌 투구였습니다. 제 느낌이 틀리지 않다면 이 장면은 꽤 오랫동안 화제가 될 것 같습니다."

"저도 같은 생각입니다."

오래간만에 김연지 아나운서와 이병철 해설 위원의 의견이 일치했다. 그리고 김연지 아나운서가 다시 진행을 이어나갔다.

"이제 마지막 질문입니다. 이병철 해설 위원님, 심원 패롯스의 가을 야구 진출이 가능할까요?"

"어렵습니다."

"어렵다?"

"심원 패롯스가 오늘 극적인 승리를 거두었지만 현재 리그 5위에 올라 있는 마경 스왈로우스와의 격차는 여전히 두 게임입니다. 남은 정규 시즌 경기는 3경기. 심원 패롯스로서는 3경기를 모두 잡고 나서, 마경 스왈로우스가 남은 3경기에서 모두 패하기를 바라야 하는 입장인데요. 복잡하게 생각할 것 없이 일단 심원 패롯스가 남은 세 경기에서 3승을 거둔다는 것이 어렵습니다. 일전에도 말씀드렸듯이 톰 하디와 이연수 선수가 전력에서 이탈한 심원 패롯스는 최악의 상황이나 마찬가지니까요."

"네, 말씀 잘 들었습니다."

팍!

이철승 감독이 리모컨을 들어 TV 전원을 끄며 입을 뗐다.

"고맙네."

"네?"

"이병철 해설 위원 말이야."

태식이 고개를 갸웃했다.

조금 전에 이병철 해설 위원은 심원 패롯스의 가을 야구 진출이 불가능할 거라 단언했다.

그런데 고마울 일이 대체 무엇이 있을까?

"아주 유명해."

"뭐가 유명하다는 겁니까?"

"예측이 빗나가기로 유명해."

"……?"

"그런 이병철 해설 위원이 우리 팀의 가을 야구 진출이 불가능할 거라고 방금 예측했지 않은가?"

"네."

"그러니까… 잘하면 가을 야구 진출이 가능할 수도 있겠군."

이철승 감독의 이야기를 들은 태식이 쓰게 웃었다.

이런 미신 아닌 미신에 의존할 정도로 여전히 가을 야구 진출을 포기하지 않은 이철승 감독의 간절함이 느껴졌기 때문이다.

"그런데… 무슨 일로 찾으셨습니까?"

태식이 정신을 차리고 자신을 이곳으로 호출한 이유에 대해 묻자, 이철승 감독이 웃으며 대답했다

"두 가지 이유 때문에 불렀어."

2. 미래가 아닌 현재

"일단 이거 받아."

이철승 감독이 태식의 앞으로 불쑥 공을 내밀었다.

"이 공은……?"

"세이브를 올린 것, 처음이지?"

"네? 네."

기억을 오랫동안 더듬을 것도 없었다.

프로 무대에 뛰어든 후 꽤 오랫동안 투수 생활을 했지만, 태식이 세이브를 올린 것은 이번이 처음이었다.

생애 첫 세이브.

"그래서 기념으로 챙겨뒀다."

태식이 손을 뻗어 이철승 감독이 앞으로 내밀고 있는 공을 건네받았다.

"감사합니다."

팀이 어려운 상황.

승부에 집중하기도 바쁠 터인데 이런 부분까지 세심하게 신경을 쓰며 배려해 준 이철승 감독에게 고마운 마음이 들었다.

'시작!'

그 공을 받아 든 순간, 태식이 떠올린 단어였다.

'끝이 아니라 새로운 시작.'

태식이 재차 각오를 다지면서 자신의 손에 들려 있는 공을 물끄러미 내려다보고 있을 때였다.

"미안하다."

이철승 감독이 사과했다.

'왜?'

태식이 고개를 들어 이철승 감독에게 의아한 시선을 던졌다. 자신에게 사과를 하는 이유를 알지 못했기 때문이다.

"널 부른 또 하나의 이유 말이야. 네게 사과를 하고 싶어서였다."

"갑자기 왜 제게 사과를 하십니까?"

"너무 어려운 상황에 마운드에 올렸으니까."

"네?"

"마운드를 떠난 지 아주 오래됐지? 그 점을 감안한다면 좀 더 편안한 상황에 널 마운드에 올렸어야 했다."

"……"

"그런데 결국 그렇게 하지 못했다. 워낙 상황이 다급했고, 또 급작스러운 등판이었긴 했지만, 내가 실수한 건 사실이야."

이철승 감독이 미안한 기색으로 덧붙인 설명을 듣고서야 태식은 그가 사과를 했던 이유를 알 수 있었다.

그의 말처럼 태식은 무척 오래간만에 마운드에 올랐다. 그리고 이런 점을 감안해서 태식을 좀 더 편안한 상황에서 마운드에 올리는 것은 사령탑인 감독이 신경을 써줘야 하는 부분이었다.

그렇지만 태식이 오늘 경기에서 마운드에 올랐던 것은, 고작 한 점차의 박빙의 승부처에서였다.

더구나 9회 말 무사 1, 2루 상황.

짧은 안타 하나만 허용해도 동점을 허용했고, 장타를 맞으면 역전까지 허용하면서 경기가 끝날 수도 있는 위기 상황이었다.

이런 절체절명의 상황에서 마운드에 올랐던 태식이 느꼈던 부담이 무척 컸던 것은 사실이었다.

"그리고… 고맙다."

"네?"

"부담이 컸을 터인데도 기꺼이 마운드에 올라가 줬으니까."

태식이 작게 고개를 끄덕였다.

9회 말 무사 1, 2루 상황에서 깜짝 등판했던 태식은 무실점으로 이닝을 마무리하며 세이브를 올렸다. 그리고 결과가 좋았기에 큰 화제가 되며 팬들도 아낌없는 환호와 응원을 보내주었다.

그렇지만 만약 결과가 좋지 않았다면?

엔트리에 투수들이 여럿 남아 있음에도 불구하고 야수인 태식을 마운드에 올리는 선택을 한 이철승 감독은 팬들의 엄청난 비난에 직면했을 터였다. 그리고 마운드에서 공을 던졌던 태식도 그에 못지않은 비난에 직면했을 가능성이 컸다.

그럼에도 불구하고 본인의 지시를 거스르지 않고 태식이 마운드에 올라갔던 것에 대해서 이철승 감독은 고마움을 표하는 것이었다.

'달라!'

선수에게 진솔하게 사과를 하고 또 고마움을 드러내는 감독.

권위를 중시하는 한국 프로야구계에서 절대 흔치 않았다.

그런 면에서 이철승 감독은 현재 활약하고 있는 다른 감독들과는 다른 면이 분명히 존재했다. 그리고 역시 좋은 감독이라는 생각이 들었지만, 오늘 경기 중에 내렸던 이철승 감독의 선택들은 태식에게 의문 부호를 남겼다.

결국 태식이 참지 못하고 입을 뗐다.

"감독님! 궁금한 게 있습니다."

"뭐지?"

이철승 감독과 시선을 맞추며 태식이 입을 뗐다.

"제가 궁금한 것은 두 가지입니다."

"왜 이리 뜸을 들여? 어려워 말고 편하게 말해봐."

이철승 감독의 말이 끝나고 나서야 태식이 궁금한 것에 대해 질문을 던졌다.

"마지막… 입니까?"

"뜬금없이 무슨 소리야?"

"제가 마운드에 서는 것 말입니다."

"응?"

"오늘 경기가 마지막이었는지 알고 싶습니다."

다시 마운드 위에 서서 공을 던지니 좋았다.

앞으로도 계속 마운드에 올라가서 짜릿한 흥분과 전율을 느끼고 싶었다.

그렇지만 태식의 의지대로 되는 것은 아니었다.

선수 기용은 감독의 고유 권한.

태식이 다시 마운드 위에 설 수 있는가 여부는 이철승 감독의 의지와 결정에 달려 있다고 해도 과언이 아니었다.

"어떨 것 같아?"

"네?"

"내가 어떤 선택을 내릴 것 같으냐고?"

이철승 감독은 대답을 꺼내는 대신, 되려 질문을 던졌다.

"모르겠습니다."

태식이 자신 없는 목소리로 대답하자, 이철승 감독이 다시 질문했다.

"왜 몰라?"

"네?"

"내 속마음을 읽는 것이 네 주특기였잖아."

"그건······."

"농담이야."

껄껄 웃던 이철승 감독이 입을 뗐다.

"그 질문에 대한 답은 내가 아니라 네게 달렸다."

"그게 무슨 말씀이십니까?"

"우리 팀의 사정에 대해서는 너도 잘 알고 있잖아?"

"네."

"그럼 한번 대답해 봐. 지금 우리 팀에 너보다 좋은 공을 던지는 투수가 몇이나 있는 것 같아?"

"그건······."

윌린 해멀스와 양동주, 윤동하, 정기하의 얼굴을 차례로 떠올린 태식이 막 그들의 이름을 입에 올리려 한 순간이었다

"없어."

"······?"

"내가 판단하기에 현재 우리 팀에 너보다 좋은 공을 던지는 투수는 없다."

이철승 감독이 단언했다.

"내가 이렇게 확신할 정도로 네 공이 좋았다. 그리고 좋은 투수를 활용하지 않고 썩히고 싶은 감독은 없어. 더구나 우리 팀 사정이 이렇게 어려운데 말이야."

이철승 감독의 말이 끝난 순간, 태식이 두 눈을 빛냈다.

방금 그가 한 말 속에 아까 던졌던 질문에 대한 답이 숨어 있었다.

"저는 자신 있습니다."

"자신 있다?"

"네, 다시 마운드에 오를 기회가 주어진다면… 오늘 경기보다 더 좋은 공을 던질 자신이 있습니다."

태식이 힘주어 대답하자, 이철승 감독이 흡족한 웃음을 머금었다.

"그 약속 지켜라."

"물론입니다.

"곧 다시 마운드에 서게 될 거야."

"감사합니다."

마침내 원하던 답을 얻어낸 태식이 감사 인사를 건넨 순간이었다.

"틀렸어."

"네?"

"고맙다는 인사는 내가 해야지."

"……?"

"네 덕분에 투수진 운용에 숨통이 조금 트였으니까."

오히려 감사를 표하던 이철승 감독이 다시 물었다.

"그런데 아까 내게 궁금한 게 두 가지라고 하지 않았나?"

"그렇습니다."

"나머지 하나는 뭐지?"

"왜 그렇게… 서두르신 겁니까?"

"응?"

"감독님의 경기 운용에서 조급함을 느꼈습니다."

태식이 짤막한 설명을 덧붙인 순간, 이철승 감독이 살짝 눈을 치켜떴다.

"그게 보였나?"

"네."

"어느 부분에서 느꼈지?"

"크게 두 부분이었습니다. 7회에 우리 팀의 마무리 투수인 기하가 등판했던 부분, 그리고 현신이의 홈스틸이었죠."

태식이 망설이지 않고 대답했다.

팽팽한 0의 행진이 이어지던 중, 이철승 감독은 7회에 마무리 투수인 정기하를 마운드에 올리는 선택을 내렸었다.

윌린 해멀스의 투구 수가 늘어나며 지친 기색을 드러내자, 중간 계투 요원들을 생략하고 바로 마무리 투수인 정기하를 마운드에 올린 것.

먼저 실점을 허용하게 된다면 오늘 경기를 뒤집기 어렵다는 판단이 기저에 깔려 있는 선택이었다.

결과적으로 정기하의 조기 투입은 성공적이었다.

무실점으로 경기를 마쳤으니까.

그러나 정기하가 경기를 끝까지 마무리했던 것은 아니었다.

7회에 마무리 투수를 조기에 투입한 것이 결국 독이 되어, 9회가 되자 지친 정기하의 구위는 떨어졌고 위기에 빠졌다.

만약 태식이 등판해서 위기를 무사히 넘기지 않았다면, 한 점차로 앞서던 경기가 뒤집히는 결과가 나올 수도 있었다.

또 하나, 9회 초에 대주자로 경기에 투입됐던 유현신에게 홈 스틸 작전을 지시한 것도 마찬가지였다.

이철승 감독이 띄운 승부수였던 홈스틸 작전은 성공했다.

덕분에 오늘 경기 양 팀의 유일한 득점이자 결승점을 올릴 수 있었다.

그러나 어디까지나 결과론적인 이야기일 뿐이었다.

'만약 실패했다면?'

조급함을 이기지 못한 이철승 감독의 홈스틸 작전이 실패하 며 가을 야구 진출 여부가 달려 있는 오늘 경기에서 패했다면?

팬들의 엄청난 비난에 직면할 수도 있었을 무모한 작전이었 다.

"왜… 그러셨습니까?"

태식이 참지 못하고 질문했다. 그리고 이철승 감독이 씁쓸한 미소를 입가에 머금은 채 대답했다.

"이기고 싶었다. 오늘 경기에서 이기고 싶다는 욕심이 너무 커서, 무모한 작전을 연거푸 펼쳤다."

"네."

태식이 고개를 끄덕였다.

아직 심원 패롯스의 가을 야구 진출을 위한 희망의 불씨가 꺼지지 않은 상황.

이철승 감독이 무슨 수를 써서라도 오늘 경기에서 이기고 싶 어 했던 것은 충분히 이해가 갔다.

"이게 끝이 아니다."

"네?"

이걸로 충분한 설명이 됐다고 생각했는데.

이철승 감독은 아직 끝이 아니라고 말했다.

'또 무슨 이유가 있는 거지?'

태식이 의아한 시선을 던질 때, 이철승 감독이 입가에 떠오른 쓸쓸한 미소를 지우지 않은 채 덧붙였다.

"내 감독직이 걸린 경기였거든."

*   *   *

뒤척뒤척.

한참 전에 불을 끄고 누웠지만, 태식은 잠들지 못했다.

태식이 쉬이 잠을 이루지 못하고 뒤척이는 이유.

오래간만에 다시 마운드에 서서 멋진 투구를 펼쳤던 여운이 남아서도, 포털 사이트의 실시간 검색어 1위에 오른 것으로 인한 흥분 때문도 아니었다.

진짜 이유는 따로 있었다.

"내 감독직이 걸린 경기였거든."

대화의 말미에 이철승 감독이 꺼냈던 말이 자꾸 귓가에 되살아나서였다.

후우.

길게 한숨을 내쉰 태식이 결국 몸을 일으켰다.

"덕수야. 자냐?"

"아직 안 자는데요."

"넌 왜 안 자고 있었어?"

"오늘 같은 날, 잠이 오겠습니까?"

"오늘 같은 날?"

"네, 오늘 같은 날!"

"오늘이 어떤 날인데?"

"최고의 투수가 탄생한 역사적인 날이 아닙니까?"

마치 기다렸다는 듯이 바로 돌아온 용덕수의 대답을 들은 태식이 참지 못하고 실소를 흘렸다.

"또 오버한다."

"오버 아닙니다."

"그래도 듣기 나쁘지는 않네. 어쨌든… 잠도 안 오는데 오랜만에 치맥 할까?"

"치맥이요? 당연히 좋죠."

혹시나 태식의 마음이 변하는 것이 두려워서일까?

용덕수가 바로 화답했다.

"어디로 시킬까요?"

"아니, 오늘은 나가서 먹자."

"나가서요? 그건 더 좋죠."

치맥을 할 생각에 잔뜩 들떠 있는 용덕수를 이끌고 숙소 근처 호프집으로 향했다.

주문한 후라이드 치킨이 나오기 전에 미리 나온 생맥주를 한 모금 마신 태식이 길게 한숨을 내쉬었다.

그 한숨 소리를 들은 용덕수가 이해가 가지 않는다는 표정으로 물었다.

"이렇게 좋은 날, 왜 한숨을 쉬세요?"

"그럴 일이 있다."

"무슨 일인데요?"

"그게… 아니다. 술이나 마시자."

"에이, 무슨 일이냐니까요?"

"덕수야."

"네."

"이런 기회 자주 안 오는 거 알지?"

"당연히 알죠."

"그럼 프로 선수답게 기회를 놓치지 마라."

용덕수에게 이철승 감독과 나누었던 대화에 대해 알려주는 것은 아직 시기상조라는 생각이 들었다.

또, 용덕수와 함께 호프집으로 찾아오긴 했지만, 태식에게는 혼자 생각을 정리할 시간이 필요했다.

'만약 이철승 감독님이 경질된다면?'

아직 확실한 것은 없었다. 그러나 이철승 감독이 했던 이야기는 목에 걸린 가시처럼 자꾸 신경이 쓰였다.

팀의 우승.

시즌 중에 트레이드를 통해 심원 패롯스로 이적했을 때, 태식이 내심 가졌던 목표 중 하나였다.

트레이드라는 어려운 결정을 내려준 이철승 감독을 위해서,
또 김태식이라는 선수가 아직 쓸모가 있다는 것을 증명하기 위
해서 꼭 우승을 차지하고 싶었다.

그렇지만 야구는 뜻대로 되지 않았다.

그 후 여러 우여곡절을 거치면서, 심원 패롯스는 우승과는
꽤 거리가 멀어져 있었다.

우승은커녕 가을 야구 진출도 장담하기 어려운 상황에 처해
있었다.

그렇지만 태식은 좌절하지 않았다.

트레이드 후에 올 시즌을 치르면서 선수로서 자신의 가치를
증명하는 데 어느 정도 성공했고, 앞으로 남아 있는 야구 인생
도 길었기 때문이다.

'비록 올 시즌에 우승하지 못한다고 하더라도, 내년, 또 내후
년 시즌이 있다.'

태식이 내심 갖고 있었던 생각이었다. 그런데 이철승 감독과
대화를 나눈 이후, 이 생각이 바뀌었다.

막연한 상상을 현실로 만들기 위해서 가장 중요한 역할을
해 줘야 할 이철승 감독이 팀을 떠날지도 모른다는 소식을 접
했기 때문이다.

태식이 판단하기에 이철승은 좋은 감독이었다.

감독으로서의 역량도 갖추고 있을뿐더러, 태식이 가진 선수
로서의 능력을 아무런 선입견 없이 바라보며 인정해 주었다.

그런 이철승 감독이 올 시즌을 끝으로 경질당한다면?

태식이 내심 꿈꾸었고, 또 바라고 있던 야구 인생이 통째로 흔들릴 수도 있는 위기라는 생각이 퍼뜩 들었다.

'앞으로 어떻게 될까?'

태식이 미간을 찌푸린 채 고민에 잠겼다. 그러나 이 질문에 대한 답을 찾아내는 것은 불가능했다.

워낙 변수들이 많았기 때문에, 앞으로 상황이 어떻게 바뀔지 감히 예상하는 것조차 어려웠다.

"형!"

"……?"

"형, 제 말 안 들리세요?"

용덕수가 눈앞에서 손을 흔들고 난 후에야 태식이 상념에서 깨어났다.

"들려. 왜?"

"혼자 무슨 생각을 그렇게 하세요?"

"별거 아냐."

"무슨 고민인지는 모르겠지만, 한잔하고 잊어버리세요."

용덕수가 술이 가득 담긴 잔을 앞으로 내밀며 말했다.

"왜 안 마셨어?"

"다 마셨는데요."

"응?"

"벌써 한 잔 다 마시고 새로 시켰는데요."

용덕수가 겸연쩍은 표정으로 대답하는 것을 듣고 태식이 실소를 터뜨렸다.

"잘했다."

"네?"

"아까도 말했듯이 프로 선수는 기회를 놓치지 않는 것도 중요하니까."

태식의 칭찬을 받은 용덕수가 환하게 웃었다. 그리고 방금 태식이 꺼낸 이야기는 용덕수에게만 던진 말이 아니었다.

스스로에게 던지고 싶었던 말이기도 했다.

태식이 고민하는 것은 현재가 아니라 미래.

지금 하고 있는 고민은 불확실성이 상존하고 있는 미래에 대한 걱정에 기인하고 있었다. 그래서 현재를 놓치고 있었다.

지난 경기에서 여울 데블스에 승리를 거두며 심원 패롯스는 여전히 가을 야구 진출에 대한 희망을 이어가고 있었다.

현실적으로 가을 야구 진출이 어려워졌다는 것은 부인할 수 없지만, 아직 일말의 희망이 남아 있는 상황.

벌써 포기하기에는 일렀다.

'만약 남아 있는 정규 시즌 세 경기를 모두 승리한다면?'

상황은 또 어떻게 바뀔지 몰랐다. 그리고 만약 심원 패롯스가 극적으로 가을 야구 진출에 성공한다면, 이철승 감독의 경질에 관한 이야기는 쏙 들어갈 확률이 높았다.

'일단은 지금에 집중하자. 그리고 미래는 나중에 고민하자!'

마침내 결심을 굳힌 태식이 술잔을 들었다.

"덕수야."

"네."

"우리 딱 두 잔만 하자."

"왜요? 아까는 기회를 놓치지 않는 것이 프로 선수에게 중요하다면서요."

용덕수가 억울한 표정으로 항의했다.

"그래서 하는 말이야."

"네?"

"아직 희망을 버리기에는 이르거든. 내일 경기에 지장을 초래하면 안 되잖아."

태식의 마음을 돌릴 수 없다는 것을 알고 있기 때문일까.

"아껴 마셔야겠네요."

용덕수가 아쉬운 기색을 감추지 못하고 한숨을 내쉬었다.

그런 그의 앞으로 태식이 술잔을 내밀며 덧붙였다.

"일단 남은 세 경기, 모두 이기자. 그리고 그때는 진짜 코가 삐뚤어질 때까지 마시게 해주겠다고 약속할게."

3. 작전 실패

우송 선더스, 마경 스왈로우스, 대승 원더스.

정규 시즌 종료까지 세 경기가 남아 있는 심원 패롯스의 대진 상대들이었다.

삼산 치타스, 심원 패롯스, 청우 로얄스.

역시 정규 시즌 종료까지 세 경기만을 남겨 두고 있는 마경 스왈로우스의 대진 상대들이었다.

—마경 스왈로우스가 5위를 차지해서 가을 야구에 진출할 확률이 9할 이상.

정규 시즌 종료가 코앞으로 다가온 시점.

전문가들은 심원 패롯스가 아닌 마경 스왈로우스가 와일드 카드로 가을 야구에 진출할 확률이 9할 이상이라는 예상을 내놓았다. 그리고 전문가들은 가을 야구 진출을 놓고 정규 시즌 막바지까지 이어지고 있는 두 팀의 싸움에 큰 관심을 두지 않았다.

이미 마경 스왈로우스가 가을 야구에 진출할 것이라는 확신을 갖고 있었기 때문이다.

그래서일까.

오히려 정규 시즌 막바지까지 한국 시리즈 직행 티켓의 주인이 결정되지 않은 상위권 세 팀이 벌이는 치열한 순위 다툼에 더욱 집중했다.

"내가 같은 입장이라도 똑같은 예상을 했을 거야."

전문가들의 예상이 적혀 있는 기사를 훑어보던 태식이 혼잣말을 꺼냈다.

현재 리그 5위인 마경 스왈로우스와 6위인 심원 패롯스의 격차는 2경기.

남은 경기 수는 세 경기.

산술적으로 심원 패롯스가 남은 세 경기에서 모두 승리를 거둔다 하더라도, 마경 스왈로우스가 1승만 추가하면 정규 시즌 5위가 확정됐다.

승차가 같아진다고 하더라도, 마경 스왈로우스가 심원 패롯스보다 승률이 높았기 때문이다.

전문가들이 마경 스왈로우스의 가을 야구 참가 가능성을 9할 이상이라고 점친 또 하나의 근거는 전력적인 측면이었다.

선수들의 체력 소모가 극심한 정규 시즌 막바지인 터라, 여러 팀의 선수들이 부상에 시달렸다. 그로 인해 많은 팀들이 전력에 차질을 빚고 있었지만, 가장 큰 손실을 입은 것은 역시 심원 패롯스였다.

두 명의 주축 선발투수인 톰 하디와 이연수가 경기에 나설 수 없는 것만으로도 큰 손실이었다. 그런데 그게 끝이 아니었다.

이닝 이터 역할을 충실히 해주었던 두 주축 투수가 경기에 나서지 못하게 되자 자연스레 불펜 투수들의 등판이 잦아졌다.

등판 횟수가 잦아지고, 투구 수가 늘어나며 지쳐 버린 불펜 투수들마저 볼 끝이 무뎌지면서 난조를 드러내고 있었다.

반면 마경 스왈로우스는 부상 선수들이 거의 없었다.

정규 시즌 막바지임에도 불구하고 시즌 초반과 별 차이가 없는 베스트 전력으로 경기에 나서고 있었다.

그리고 전문가들이 마경 스왈로우스의 우세를 점쳤던 마지막 세 번째 근거는 대진 상대였다.

정규 시즌 종료까지 남은 세 경기.

심원 패롯스가 상대해야 하는 세 팀은 모두 상위권 팀이었다.

반면 마경 스왈로우스는 세 경기 가운데 리그 8위와 9위에 올라 있는 하위권 팀들을 두 번이나 만나게 된다.

"어려운 것은 사실이야!"

태식이 한숨을 내쉬었다.

우송 선더스, 마경 스왈로우스, 그리고 대승 원더스까지.

어느 한 팀도 만만한 상대가 없었다.

또, 세 팀 모두 심원 패롯스를 상대로 꼭 승리를 거두어야 하는 동기부여 요소가 분명히 존재했다.

그러나 마경 스왈로우스는 달랐다.

이미 가을 야구 진출에서 멀어진 삼산 치타스와 청우 로얄스에게는 딱히 동기부여가 될 요소가 없었다.

이런 이유들로 인해 마경 스왈로우스가 가을 야구를 두고 벌이는 싸움에서 유리한 것은 부인할 수 없는 사실이었다.

"굳이 분류를 하자면… 무조건 잡아야 하는 경기, 가장 중요한 경기, 그리고 가장 어려운 경기라고 할 수 있겠군."

우송 선더스와의 일전은 무조건 잡아야 하는 경기.

마경 스왈로우스와의 일전은 가장 중요한 경기.

대승 원더스와의 정규 시즌 최종전은 가장 어려운 경기.

태식이 이렇게 분류를 한 데는 나름의 이유가 있었다.

세 팀 가운데 가장 먼저 만나게 되는 상대인 우송 선더스와의 경기에서는 윤동하가 선발투수로 출전했다.

팀의 선발진들 가운데 4선발로 올 시즌을 출발한 윤동하였지만, 톰 하디와 이연수가 전력에서 이탈한 현재는 실질적인 팀의 2선발을 맡고 있었다.

더구나 지난 경기에 에이스 역할을 떠맡았던 윌린 해멀스가 선발투수로 나서서 6이닝 이상을 소화한 상황.

남은 세 경기에서 윌린 해멀스가 더 이상 출전할 수 없다는 점을 감안하면 윤동하가 선발투수로 나서는 경기는 무조건 잡아야 했다.

다음 상대인 마경 스왈로우스와의 경기는 더 길게 설명할 필요도 없었다.

5위 자리를 놓고 정규 시즌 막바지까지 치열하게 싸움을 벌이고 있는 마경 스왈로우스와의 격차를 줄이기 위해서는 필사적으로 잡아야 하는 가장 중요한 경기였다.

마지막 상대인 대승 원더스와의 경기는 가장 어려운 경기가 될 확률이 높았다.

끝까지 물고 물리는 진흙탕 싸움이 펼쳐지면서 한국 시리즈에 직행할 팀은 아직 결정이 되지 않았다.

이런 상황은 정규 시즌 최종전까지 이어질 가능성이 높았다.

현재 리그 선두를 달리고 있는 대승 원더스는 한국 시리즈 직행 티켓을 거머쥐기 위해서 심원 패롯스와의 정규 시즌 최종전에 모든 것을 쏟아부을 터였다.

그리고 대승 원더스와의 일전이 가장 어려운 경기가 될 확률이 높은 또 하나의 이유는 선발투수의 부재였다.

투수 기근에 시달리던 이철승 감독은 고육지책의 심정으로 중간 계투 요원이었던 김혁을 선발투수로 몇 차례 내보냈다.

그러나 결과는 좋지 않았다.

선발투수로 경기에 나섰던 김혁은 부담감을 극복해 내지 못하고 계속 부진한 모습을 보였다.

비록 아직 확정이 된 것은 아니었지만, 대승 윈더스와의 정규 시즌 최종전에는 선발 로테이션 순서상 김혁이 선발투수로 나설 확률이 높았다. 그리고 김혁이 선발투수로 나선다고 해도 호투를 펼칠 확률은 낮다는 생각이 들었다.

이전에 선발투수로 나섰던 경기들보다 훨씬 큰 부담을 안고 마운드에 오르는 경기이기 때문이었다.

"내 거취 문제는 신경 쓰지 않을 생각이네. 어차피 미래의 일이니까. 난 후회를 남기지 않기 위해서 지금에 최선을 다할 거야."

이철승 감독이 대화 말미에 꺼냈던 이야기가 떠올랐다.

비록 어려운 상황이긴 했지만, 이철승 감독은 마지막까지 최선을 다 하겠다는 각오를 밝혔다.

태식도 같은 생각이었다.

"최선을 다한다. 나머지는 하늘에 맡긴다."

남은 세 경기.

심원 패롯스와 이철승 감독, 그리고 태식의 운명을 송두리째 바꿔놓을 수 있는 운명의 세 경기가 마침내 시작됐다.

심원 패롯스 VS 우송 선더스.

우송 선더스의 장정훈 감독은 필립 스미스를 선발투수로 내보냈다.

올 시즌 성적은 12승 9패. 방어율 3.45.

필립 스미스는 올 시즌 저니 레스터와 서광현에 이어 우송 선더스의 3선발 역할을 충실히 이행했다.

그렇지만 오늘 경기의 중요성을 잘 알고 있는 필립 스미스는 중압감 때문인지 경기 초반에 제구 난조를 드러냈다.

"볼넷!"

1회 초, 심원 패롯스의 리드오프인 이종도에게 볼넷을 허용하며 불안한 모습을 노출했던 필립 스미스는 2번 타자인 임현일에게는 중전 안타를 얻어맞았다.

경기 초반부터 무사 1, 2루의 절호의 득점 찬스가 찾아오자, 이철승 감독의 움직임이 분주해졌다.

'희생번트!'

태식이 예상한 작전이었다.

그러나 이철승 감독의 선택은 달랐다.

"버스터?"

이철승 감독은 3번 타자인 최순규에게 희생번트가 아닌 버스터 작전을 지시했다.

"왜지?"

이철승 감독이 내린 작전 지시를 확인한 태식이 고개를 갸웃했다.

태식은 일단 선취점을 올리는 것이 가장 중요하다고 판단했다. 그런데 이철승 감독의 선택은 달랐다.

"대량 득점을 노린다?"

우송 선더스가 내세운 선발투수 필립 스미스가 경기 초반에 흔들리자, 이철승 감독은 희생번트를 통해 선취점을 올리는 것보다, 강공 작전으로 대량 득점을 만들어내는 것을 노리고 있는 듯 보였다.

"결과는?"

그라운드를 주시하고 있던 태식의 낯빛이 어두워졌다.

딱!

이철승 감독의 지시를 받은 최순규는 번트 모션을 취하고 있다가 강공으로 전환했다. 그러나 버스터 작전의 결과는 좋지 않았다. 최순규가 때린 내야 땅볼은 유격수 정면으로 향했고, 6-4-3으로 이어지는 병살타가 됐다.

무사 1, 2루의 찬스가 2사 3루로 바뀐 순간, 태식이 아쉬운 기색을 감추지 못했다.

최악의 결과.

이런 결과가 나온 이유는 이철승 감독의 버스터 작전이 읽혔기 때문이다.

"조급해!"

남은 세 경기 가운데 한 경기만 패하더라도 가을 야구 진출의 희망의 불씨가 완전히 꺼지는 상황.

또, 불펜 투수들이 난조를 보이고 있는 상황.

심원 패롯스가 처해 있는 어려운 상황에 대해서 누구보다 잘 알고 있는 것이 바로 이철승 감독이었다.

다음 경기, 또 다음 경기를 위해서는 오늘 경기에서 불펜 투수들을 최대한 아껴야 한다는 강박 관념이 이철승 감독의 머릿속에 가득 들어차 있었다.

그뿐이 아니었다.

불펜 투수들에 대한 신뢰가 없기 때문에 최대한 점수 차를 벌려놓아야 한다는 조급함이 이철승 감독을 지배하고 있었다.

결국 이 강박 관념과 조급함이 경기 초반에 흔들리는 필립 스미스를 공략해서 대량 득점을 올려야 한다는 생각을 갖게 만든 것이었다.

딱!

4번 타자 이명기가 때린 타구는 2루수 앞 내야 땅볼이었다.

여유 있게 타구를 잡아낸 2루수가 1루로 송구하며 세 개의 아웃 카운트가 채워졌다.

버스터 작전이 실패하면서 선취점을 올릴 수 있는 찬스가 무산된 채로 심원 패롯스의 1회 초 공격이 끝났다.

"아쉽네."

수비를 위해서 더그아웃을 빠져나가던 태식이 불안한 표정을 감추지 못한 채 이철승 감독을 바라보았다.

위기 뒤의 찬스라는 야구계 속설은 이번에도 적중했다.

1회 초의 실점 위기를 넘긴 우송 선더스는 이어진 1회 말에서 선취 득점을 올릴 수 있는 찬스를 잡았다.

우송 선더스의 타자들은 선발투수로 마운드에 올라온 윤동하의 몸이 채 풀리기도 전에 거칠게 몰아붙였다.

1번 타자 강영학부터 3번 타자 조우종까지.

세 타자 연속 안타를 터뜨리며, 무사 만루의 찬스를 잡았다.

전진 수비.

무사 만루의 위기에서 이철승 감독이 내린 지시였다.

한 점도 허용하지 않겠다는 강한 의지가 담긴 지시.

이철승 감독의 지시로 내야진이 전진 수비를 펼치는 것을 확인한 태식이 불안한 기색을 감추지 못하고 드러냈다.

"과연… 옳은 판단일까?"

무사 만루에서 타석에 들어선 것은 우송 선더스의 4번 타자인 빅터 스마일.

슈아악!

빅터 스마일은 초구부터 과감하게 배트를 휘둘렀다.

딱!

크게 바운드를 일으킨 타구는 2루수 쪽으로 향했다.

전진 수비를 펼치고 있던 2루수가 뒷걸음질을 치며 타구를 잡아내기 위해서 점프를 했지만, 글러브에 미치지 못했다.

2타점 적시타!

팡. 팡!

빅터 스마일에게 내야 땅볼을 유도해 냈음에도 피안타로 연결되면서 먼저 두 점을 허용한 윤동하가 빈 글러브를 주먹으로 치면서 분한 기색을 드러냈다.

태식도 아쉬운 기색을 감추지 못했다.

'만약 정상 수비를 펼쳤다면?'

그랬다면 바운드를 크게 일으킨 빅터 스마일의 타구가 2루수의 키를 넘기며 뒤로 빠지지 않았을 것이었다.

비록 3루 주자가 홈으로 들어오는 것을 막지는 못했더라도, 빅터 스마일의 발이 느린 점을 감안하면 충분히 병살타로 연결시킬 수 있었을 타구였다.

결과적으로는 이철승 감독이 지시했던 전진 수비 작전이 2실점을 허용하는 빌미가 된 셈이었다.

"너무 서둘러!"

먼저 실점을 허용하고 난 후, 초조한 기색을 감추지 못하고 있는 이철승 감독을 확인한 태식이 짤막한 한숨을 내쉬었다.

아직 채 1회가 끝나지 않은 시점이었다. 그렇지만 이철승 감독은 두 번씩이나 잘못된 판단을 내렸다.

1회 초 공격에서 희생번트가 아닌 버스터를 감행했다가 병살타가 나오면서 선취 득점을 올릴 기회를 무산시킨 것.

1회 말 수비에서 한 점도 허용하지 않기 위해서 전진 수비를 펼쳤다가 빅터 스마일에게 2타점 적시타를 허용한 것.

모두 이철승 감독의 오판으로 인해 벌어진 아쉬운 결과였다.

"이대로라면 어려워!"

무사 1, 3루의 위기가 이어지고 있는 상황.

그나마 다행이라면 윤동하가 와르르 무너지지 않았다는 점이었다.

딱!

윤동하는 예리한 몸 쪽 싱커를 던져서 우송 선더스의 5번 타자인 장민섭에게 내야 땅볼을 유도해 내는 데 성공했다.

6—4—3으로 이어진 병살타.

그사이 3루 주자가 홈으로 들어오며 경기는 석 점차로 벌어졌다.

4. 악연

0 : 3.

석 점의 격차가 유지된 채 경기는 중반으로 넘어갔다.

필립 스미스의 호투에 막혀서 좀처럼 찬스를 만들지 못하고 있는 심원 패롯스의 6회 초 공격은 4번 타자 이명기부터 시작이었다.

"돌파구가 필요한데……."

석 점 뒤진 채로 경기가 중반으로 접어들자, 심원 패롯스의 팀원들도 초조함을 드러내기 시작했다.

더 늦기 전에 한 점이라도 따라붙어야만 침체된 팀 분위기를 바꿀 수 있다는 생각에 대기 타석에 들어서 있던 태식도 덩달아 초조함을 느낄 때였다.

슈아악.

픽!

투 볼 원 스트라이크 상황에서 필립 스미스가 던진 몸 쪽 커브는 깊었다.

이명기가 미처 피하지 못하고 엉덩이 부근에 공을 맞으면서 오늘 경기의 첫 사구가 나왔다.

콱!

엉덩이 부근에 공을 맞자마자, 이명기가 방망이를 거칠게 바닥에 내던졌다. 그리고 1루가 아닌 마운드를 향해 걸어갔다.

'왜… 저러지?'

대기 타석에 서 있던 태식이 의아한 시선을 던졌다.

필립 스미스가 던진 사구.

고의가 아니었다.

이명기는 장타력을 갖춘 타자.

몸 쪽 공을 어설프게 던지다가는 장타를 허용할 수 있다고 판단한 필립 스미스는 의식적으로 제구에 신경을 기울였다. 그리고 몸 쪽으로 확실히 붙이겠다는 마음으로 제구에 너무 신경을 쓰다 보니, 실수로 나온 사구였다.

이런 사실을 이명기도 모를 리 없었다.

게다가 이명기가 공에 얻어맞은 부위는 엉덩이였다.

물론 통증이 아주 없지는 않겠지만, 상대적으로 부상 위험이 적은 부위였다.

'과하다?'

이런 점들을 감안하면, 지금 이명기가 보이고 있는 반응이 지나칠 정도로 과하다는 생각이 들었다.

　우르르.

　우르르.

　이명기가 마운드 위로 향하는 것을 확인한 양 팀 선수들이 일제히 더그아웃을 박차고 뛰어나왔다.

　벤치 클리어링!

　태식도 방망이를 내려놓고 마운드 위로 뛰어갔다.

　분위기가 심상치 않다고 판단한 심판진이 빠르게 개입하면서 벤치 클리어링은 더 커지지 않고 적정선에서 마무리됐다.

　대기 타석으로 돌아온 태식이 방망이를 다시 집어 들었다. 그리고 마운드 위에 서 있는 필립 스미스를 바라보았다.

　분이 풀리지 않은 탓일까.

　잔뜩 상기된 얼굴로 거칠게 콧김을 내뿜고 있는 필립 스미스를 확인한 순간, 태식의 머릿속으로 하나의 단어가 스쳐 지나갔다.

　'악연!'

　　　　　　　*　　　　　　*　　　　　*

　"여기… 구나."

　병원의 7층 복도를 따라 걷던 송나영이 병실 앞에서 멈추었다.

―김철민.

　병실 문에 적혀 있는 환자의 이름을 확인한 송나영이 조심스럽게 병실 문을 열고 안으로 들어섰다.

　"저기, 김철민 씨가⋯⋯."

　"아가씨는 누구야?"

　송나영이 미처 말을 끝맺기도 전에 질문이 날아들었다.

　그 질문이 날아들었던 방향으로 재빨리 고개를 돌렸던 송나영이 이내 희미한 웃음을 머금었다.

　'많이 닮았네!'

　환자복을 입고 침상 위에 앉아 있는 남자와 김태식 선수는 닮은 구석이 많았다. 그래서 송나영은 단번에 김태식 선수의 아버지인 김철민이라는 사실을 알아챌 수 있었다.

　희귀종 철새를 관찰하는 조류 학자처럼 자신을 유심히 바라보고 있는 김철민을 살피던 송나영이 이내 놀란 표정으로 바뀌었다.

　송나영이 알기로 김태식 선수의 아버지인 김철민은 꽤 오랫동안 암 투병을 이어나가고 있었다. 그래서 병색이 완연한 모습을 예상하고 있었는데, 직접 마주한 김철민의 모습은 예상과 달랐다.

　얼굴이 푸석하고 머리카락이 대부분 빠져 있긴 했지만, 송나영이 막연히 짐작했던 것보다 훨씬 건강해 보였다.

　"아가씨는 누구냐니까?"

　꼿꼿하게 허리를 세우고 앉은 채 강렬한 안광을 쏘아내고 있는 김철민에게 송나영이 대답했다.

"전 기자입니다."

"기자?"

"송나영이라고 합니다."

송나영이 미리 준비해 온 명함을 건넸다. 그렇지만 김철민은 그 명함을 제대로 살피지도 않은 채 입을 뗐다.

"알아."

"네?"

"아가씨 알고 있다고."

"저를 어떻게 아세요?"

송나영이 의아한 시선을 던질 때, 김철민이 침상 옆에 놓여 있는 탁자의 서랍을 열고 앨범을 꺼내서 앞으로 내밀었다.

"이게… 뭔가요?"

"직접 봐."

"네?"

"직접 보라고."

얼떨떨한 표정으로 앨범을 펼쳤던 송나영의 눈에 기사들을 스크랩한 것이 들어왔다. 그리고 스크랩 된 기사들이 낯이 익었다.

대부분 송나영이 예전에 작성한 기사들이었기 때문이다.

좀 더, 엄밀히 말하면 송나영이 김태식에 관해 적었던 기사들이었다.

"이제 내가 어떻게 기자 아가씨를 알고 있는지 이해했어?"

"네? 네."

"받아."

"이건……."

"음료수 처음 봐?"

"아니요."

송나영이 엉겁결에 손을 뻗어서 김철민이 앞으로 내밀고 있었던 캔 음료를 건네 받았을 때였다.

"이거 아무나 안 주는 거야."

"네? 네."

"기사 잘 쓰더라고. 그래서 특별히 주는 거야."

"감사합니다."

"앞으로도 잘 부탁한다는 뇌물의 의미도 있고."

씨익 웃으며 한마디를 덧붙였던 김철민이 다시 물었다.

"왜 안 마셔?"

"네?"

"거, 뭐냐. 김영란법 위반일까 봐 겁먹어서 그러는 거야?"

"그게 아니라… 잘 마시겠습니다."

송나영이 더 버티지 못하고 캔 음료를 따고 한 모금 마셨을 때였다.

"그런데 무슨 일로 여기까지 찾아왔어?"

"그게……."

송나영이 선뜻 대답하지 못하고 망설였다.

마땅히 대답할 말을 찾기 힘들었기 때문이다.

"김태식이 말이야. 기연을 얻은 게 틀림없어. 어깨 수술했던 선수, 그것도 서른일곱이나 먹은 노장 선수가 구속이 150㎞에 육박하는 직구를 밥 먹듯이 던진다? 말이 안 되잖아. 그러니까 무슨 기연을 얻어냈는지 한번 알아보라고."

유인수가 내렸던 지시였다.

그 지시를 수행하기 위해서 일단 김태식 선수의 아버지가 입원해 있는 병원으로 찾아오긴 했다.

그렇지만 어떻게 이야기를 시작해야 할지 몰라서 무척 난감했다.

'어떤 기연을 얻었냐고 다짜고짜 물을 수는 없잖아!'

기연이란 단어.

무척 생소했다.

그러니 기연이란 말을 입 밖으로 내뱉는다고 해서 김태식 선수의 아버지가 알아들을 가능성은 낮았다. 그로 인해서 송나영이 고민하고 있을 때였다.

"이거, 가짜 아냐?"

김철민이 아까 받은 명함을 유심히 살피며 물었다.

"가짜 아닌데요."

"그런데 왜 그래?"

"네?"

"기자 되려면 공부 많이 해야 하는 것 아냐?"

"물론 그렇죠."

"그런데 여기 왜 왔는지도 모르잖아."

"그건……."

"무슨 일 때문에 여기까지 찾아왔는지 몰라도 어쨌든 나중에 하자고. 지금 아주 중요한 순간이거든."

'중요한 순간?'

송나영이 고개를 돌렸다.

마침 심원 패롯스와 우송 선더스의 경기가 중계되고 있는 병실의 TV 화면에 김태식 선수가 타석에 막 들어서는 것이 보였다.

그 모습을 확인한 송나영이 비로소 김철민이 방금 꺼낸 말 뜻을 이해하고 작게 고개를 끄덕였다.

'아들이 타석에 등장했으니까!'

암 투병을 하며 입원해 있는 김철민에게 있어 유일한 낙은 아들이 출전하는 야구 경기를 TV로 보는 것이리라.

그러니 아들이 타석에 등장한 것만큼 중요한 순간이 또 어디 있을까.

송나영이 방해가 되지 않도록 조용히 입을 다물고 TV 화면을 바라보고 있을 때였다.

"악연이야."

김철민이 불쑥 내뱉은 말을 듣고 송나영이 고개를 돌렸다.

"악연… 이요?"

"심원 패롯스와 우송 선더스 말이야."

"⋯⋯?"

"내 말, 무슨 뜻인지 모르겠어? 진짜 기자 맞아?"

"기자 맞다니까요."

"그런데 왜 이리 아는 게 없어?"

끄응.

간이 침상 위에 앉아 있던 송나영이 앓는 소리를 냈다.

얼마 전에도 유인수에게 명색이 기자인데 책 좀 읽으라는 핀 잔 아닌 핀잔을 받았다. 그런데 김철민에게 명색이 기자인데 왜 이리 아는 게 없냐는 핀잔을 또 받았다.

2연타.

'나도 나름 엘리트인데!'

맞은 곳을 또 맞을 때 가장 아픈 법이었다.

예상치 못했던 2연타를 얻어맞고 심리적인 타격을 입은 송나 영이 양 볼을 부풀리고 있을 때였다.

"심원 패롯스가 정규 시즌 말미에 최악의 상황에 처한 건 알 지?"

"그럼요. 저 기자 맞다니까요."

송나영이 강조했지만, 김철민은 귀를 기울이지 않았다. 여전 히 불신 어린 시선을 보내며 다시 질문을 던졌다.

"그 이유가 무엇 때문인 것 같아?"

"주축 투수들인 톰 하디와 이연수가 경기에 나서지 못해서 죠."

"그건 잘 아네. 그런데도 왜 악연인지 모르겠어?"

"……?"

"이연수가 경기에 나서지 못하게 된 계기가 뭐야?"

"그거야 징계 때문이죠."

"누가 그걸 물었어?"

김철민이 버럭 소리를 질렀다.

그 고함 소리에 놀라서 움찔했던 송나영이 속으로 한숨을 내쉬었다.

기시감이랄까.

예전에 이런 경험을 해본 것 같았다.

대체 언제 이런 경험을 했던가에 대해 고민하던 송나영이 곧 기시감을 느낀 원인을 알아냈다.

'면접!'

기자가 되기 위해서 면접을 보았었다.

당시 압박 면접을 받을 때와 지금의 상황이 무척 흡사하다는 생각이 들었다.

식은땀을 한 바가지는 흘렸던 압박 면접을 받을 당시와 마찬가지로 긴장감이 들어서 손바닥에 땀이 고인 순간, 김철민이 다시 물었다.

"그러니까 징계를 당한 이유가 뭐냐고?"

"벤치 클리어링이요."

"거참. 기사는 곧잘 쓰는 것 같은데 영 답답한 아가씨네."

송나영이 억울한 표정을 지었다.

압박 면접을 주도하고 있는 면접관이나 다름없는 김철민의 질문을 받은 송나영은 계속 정답을 꺼냈다.

그렇지만 정답을 꺼냈음에도 불구하고 칭찬을 받기는커녕 오히려 답답하다는 핀잔만 받고 있었다.

그러니 어찌 억울하지 않을까.

"그 벤치 클리어링 말이야. 어느 팀이랑 경기에서 나왔어?"

"우송 선더스요."

"그러니까 악연이지."

"네? 네."

"이제 무슨 말인지 확실히 알아들었어?"

"악연, 맞네요."

비로소 말뜻을 알아들은 송나영이 작게 고개를 끄덕였을 때였다.

"또 벤치 클리어링이 있었어."

"또요? 언제요?"

"좀 전에. 필립 스미스가 던진 공에 이명기가 맞았거든."

"진짜… 악연이 맞네요."

김철민의 말대로였다.

예전 우송 선더스와 심원 패롯스의 경기의 분위기는 무척 가열됐었다. 그래서 실제 주먹이 오가는 벤치 클리어링이 벌어졌고, 그 벤치 클리어링의 결과로 이연수는 징계를 받아 남은 정규 시즌 경기에 나서지 못하게 되었다.

그런데 아직 끝이 아니었다.

오늘 경기에서 또다시 벤치 클리어링이 발발했다는 이야기를 듣고 나자 악연, 그것도 무척 질긴 악연이란 생각이 퍼뜩 들었다.

"갚아줘야지."

"당연히 그래야죠."

"태식이 저놈이 저렇게 순해 보여도 근성이 있다고."

"……?"

"중학교 때, 지 친구를 맞춘 다른 중학생이 타석에 들어서니까, 바로 공을 던져서 머리를 맞춰 버렸다니까."

"아, 네. 받은 건 꼭 갚아줘야죠."

송나영이 맞장구를 쳤지만, 김철민은 고개를 흔들었다.

"그걸로는 부족하지."

"부족해요?"

"그럼. 받은 것 이상으로 갚아줘야 해."

"네?"

송나영이 의아한 시선을 던질 때, 김철민이 덧붙였다.

"그래야 오늘 경기를 이길 수 있어."

5. 이에는 이, 눈에는 눈

순둥이.

이명기의 별명이었다.

어지간한 일에는 절대 화를 내지 않고, 주심의 판정이 마음에 들지 않아도 이명기는 항의를 하는 경우가 드물었다.

경기장 내에서는 물론이고 경기장 밖에서도 때론 답답하다 싶을 정도로 감정을 표출하지 않기 때문에 생긴 별명.

실제로 태식이 심원 패롯스로 이적한 후에 직접 경험한 이명기는 성격이 무난하고 좋은 편이었다.

그래서 말수가 적은 편이었지만, 후배들이 많이 따르는 편이기도 했다.

그렇지만 조금 전에 사구를 맞은 이명기는 순둥이라는 별명과 어울리지 않게 과하다 싶을 정도로 민감하게 반응했다. 그리고 벤치 클리어링이 끝난 지금까지도 흥분한 기색을 감추지 못하고 있었다.

'대체 왜 저러지?'

평소와는 다른 이명기의 행동을 보고 난 후, 태식은 의문을 품었다. 그러나 그로부터 시간이 조금 흐른 지금은 이명기가 과하다 싶을 정도로 민감하게 반응했던 이유를 짐작할 수 있었다.

'파이팅을… 유도하기 위해서야!'

비록 앞장서서 선수들을 독려하는 스타일은 아니었지만, 이명기는 항상 팀을 최우선에 두는 선수였다.

"우리 팀의 성적이 가장 중요합니다."

인터뷰를 할 때마다 개인 성적보다 팀의 성적이 몇 배 더 중요하다고 말했던 것.

그냥 하는 빈말이 아니라 진심이 담긴 말이었다.

이명기 역시 현재 심원 패롯스가 처해 있는 상황이 어렵다는 것을, 또 지금 이대로 계속 경기가 진행된다면 석 점차로 뒤지고 있는 오늘 경기를 뒤집을 가능성이 낮다는 것을 알고 있었다.

그래서 낯설기까지 한 모습을 드러낸 것이었다.

"악연!"

태식이 재차 악연이란 단어를 되뇌었다.

우송 선더스와의 지난 맞대결에서의 경기 분위기는 무척 가열됐고, 결국 벤치 클리어링이 발발했다.

그 벤치 클리어링으로 인해 심원 패롯스는 가장 중요한 순간에 팀의 주축 선발투수인 이연수를 잃었다.

물론 경기 중에 벤치 클리어링이 발발하는 것도, 또 벤치 클리어링에 참가했던 선수가 징계를 받는 것도 충분히 일어날 수 있는 일이었다. 그러나 문제는 당시의 벤치 클리어링이 우연히 발발한 것이 아니라는 점이었다.

'의도가 있었어!'

당시만 해도 알지 못했다.

과열된 분위기 속에서 경기에 집중하기 위해 애쓰느라 다른 부분까지 신경을 쓸 여력이 없었기 때문이다.

그러나 경기가 끝나고 난 후, 벤치 클리어링이 발발했던 것에 우송 선더스의 감독인 장정훈의 의도가 깔려 있었던 것이 아닐까 하는 의심이 깃들었다.

우송 선더스 장정훈 감독의 가장 큰 장점은 경기를 객관적으로 보며 승기를 끌어오는 승부수를 던지는 능력이었다.

심원 패롯스와 우송 선더스의 3연전.

양 팀 모두에게 큰 의미가 있었던 중요한 경기였다.

대승 원더스와 치열한 선두 다툼을 벌이느라 승리가 간절했던 장정훈 감독은 경기의 분위기를 살피며 이대로라면 승리가 어렵다고 판단했을 확률이 높았다. 그래서 승기를 가져오기 위해 승부수를 던졌다.

바로 벤치 클리어링을 발발시켜 경기장의 분위기를 가열시키고, 심원 패롯스의 주축 선수들을 퇴장시키는 것이었다.

그 결과 우송 선더스는 경기에서 승리는 거두었다.

반면 심원 패롯스는 주축 투수인 이연수를 징계로 잃으면서 단순한 1패 이상의 커다란 타격을 입었다.

태식이 더그아웃에 앉아 있는 장정훈 감독을 힐끗 살폈다.

팔짱을 낀 채 감독석에 앉아 있는 장정훈 감독에게서는 여유가 느껴졌다.

석 점차의 리드.

또, 일방적으로 우송 선더스에게 유리하게 흘러가고 있는 경기의 분위기가 그에게 여유를 선사한 것이었다.

'갚아줘야지.'

태식이 각오를 다졌다.

'받은 것 이상으로!'

태식이 혀를 내밀어 긴장으로 인해 바싹 말라 있는 입술을 적셨다.

떠올려라.

우송 선더스와의 악연을.

잠들어 있는 투혼을 깨워라.

당시의 빚을 갚아주기 위해서.

이것이 바로 이명기가 원했던 것이었다.

그리고.

이미 이명기가 판을 마련한 상황.

태식은 이 판을 키우기로 결심했다.

'와라!'

슈아악!

필립 스미스가 태식을 상대로 던진 초구는 슬라이더.

경기가 중반에 접어들며 필립 스미스는 투구 패턴을 바꾸었다.

경기 초반 볼카운트를 유리하게 가져가기 위해 직구 위주의 투구를 펼치던 필립 스미스는 타순이 한 바퀴 돌고 난 후 볼배합에 변화를 주었다.

슬라이더와 커브 등의 유인구를 먼저 던져서 볼카운트를 유리하게 가져가는 방식으로.

그 바뀐 투구 패턴을 파악했기에 태식은 슬라이더가 들어올 것을 이미 예상하고 기다리고 있었다. 그리고 필립 스미스가 던진 슬라이더는 높았다.

'실투!'

각이 밋밋한 데다가 높게 형성된 슬라이더는 변명의 여지가 없는 실투였다. 그리고 필립 스미스의 실투는 그냥 나온 것이 아니었다.

조금 전, 필립 스미스가 사구를 던진 후에 이명기와 거친 설전을 벌이며 흥분한 상태였기에 나온 실투였다.

따악!

태식이 실투를 놓치지 않고 받아 쳤다.

배트에 맞는 순간, 홈런임을 직감할 수 있을 정도로 큰 타구.

그리고.

필립 스미스의 실투를 놓치지 않고 제대로 받아 쳐서 홈런을 만들어낸 태식의 다음 동작은 이전과는 달랐다.

1루를 향해 달려나가는 대신, 태식은 타석 근처에 머물렀다.

마치 홈런 타구를 감상이라도 하듯이 타구의 궤적을 끝까지 눈으로 좇았다.

외야 관중석 중단에 떨어지며 홈런이 됐다는 것을 확인하고 나서야 태식이 배트를 내던졌다.

빙글!

배트가 허공에서 한 바퀴를 돌고 떨어졌다.

의심의 여지가 없는 배트 플립을 확인한 필립 스미스의 얼굴이 벌겋게 달아오르는 것이 보였다.

그렇지만 태식은 당황하지 않았다.

1루로 달려가는 대신 홈런 타구를 느긋하게 감상했던 것도, 배트 플립을 했던 것도 미리 의도했던 것이기 때문이다.

일부러 천천히 베이스를 돈 태식이 홈 플레이트로 돌아왔다. 그리고 미리 도착해서 기다리고 있던 이명기와 주먹을 부딪히며 소리쳤다.

"판 뒤집혔다!"

따악!

묵직한 타격음이 흘러나온 순간, 송나영이 벌떡 일어섰다.

정확한 타이밍에 배트 중심에 걸린 김태식의 타구는 처음의 기세 그대로 쭉쭉 뻗어나가 외야 관중석 중단에 떨어지는 투런 홈런이 됐다.

가장 필요한 시점에 터진 추격의 서막을 알리는 투런 홈런.

"앗싸!"

상기된 얼굴로 TV를 보고 있던 송나영이 문득 의아함을 느끼고 김철민에게로 고개를 돌렸다.

김철민은 전혀 흥분한 기색이 없었다.

차분하게 TV로 중계되고 있는 경기를 보고 있는 김철민의 모습을 확인하고서 송나영은 조금 놀랐다.

김태식 선수는 김철민의 아들.

아들이 경기 중에 무척 중요한 홈런을 때려냈음에도 김철민은 전혀 흥분한 기색이 아니었다.

'왜 기뻐하지 않으시는 거지?'

결국 호기심을 이기지 못한 송나영이 물었다.

"김태식 선수가 홈런을 쳤는데 기쁘지 않으세요?"

"당연히 쳤어야 하는 홈런인데, 뭘."

"네?"

"실투였잖아. 저런 실투를 놓치면 프로에서 뛸 자격이 없지."

"그렇지만……."

"조용히 해봐. 아직 안 끝났으니까."

아무리 프로야구 선수, 또 좋은 타자라고 해도 모든 실투를 홈런이나 안타로 연결시킬 수는 없다.

상대 투수의 실투를 놓치지 않고 홈런으로 연결한 것은 칭찬을 받아 마땅한 플레이다.

이렇게 반박하려고 했던 송나영은 결국 준비한 말들을 입 밖으로 꺼내보지도 못했다.

김철민이 조용히 하라고 주의를 줬기 때문이다.

'왜?'

김태식 선수가 홈런을 쳤으니 그라운드를 돌아서 홈 플레이트로 들어올 때까지 한참의 시간이 걸렸다. 그래서 중요한 순간이 모두 지나갔다고 생각했는데, 김철민은 여전히 TV에서 시선을 떼지 않고 있었다.

"그렇지. 아주 잘했다."

"……?"

"내 아들이면 이 정도는 해야지. 폼도 그럴 듯하니 아주 잘 돌렸다!"

김철민이 한 박자 늦게 웃음을 머금은 채 칭찬의 말을 꺼냈다.

'기쁜 내색을 드러내지 않고 억지로 참고 계셨던 거구나.'

그 반응을 확인하고 실소를 머금었던 송나영이 고개를 갸웃했다.

방금 김철민이 꺼낸 칭찬의 말!

찬찬히 되새기다 보니 조금 이상하다는 것을 깨달았기 때문이다.

처음에는 홈런 타구를 만들어낸 김태식 선수의 훌륭한 스윙을 칭찬했던 것이라고 판단했다.

그런데 그것이 아니었다.

김철민이 칭찬한 것은 홈런을 치고 난 후, 김태식이 내던졌던 배트의 궤적이었다.

"배트 플립이네요. 아마 필립 스미스가 이명기 선수에게 사구를 던진 것 때문에 화가 풀리지 않아서 한 행동인 것 같은데요. 실투를 놓치지 않고 홈런을 때려낸 플레이는 훌륭했지만, 저런 감정적인 플레이는 별로 좋지 않아요. 우송 선더스 선수들을 자극할 수 있기 때문이죠."

경기의 중계진은 느린 화면으로 김태식 선수가 때린 홈런이 아니라, 홈런을 치고 난 후에 배트 플립을 한 것을 보여주고 있었다.

그리고 해설 위원의 말이 옳았다.

김태식 선수가 방금 한 배트 플립은 우송 선더스 선수들을 자극할 가능성이 아주 높은 행위였다.

해서 송나영이 우려 섞인 시선을 던지고 있을 때였다.

"두고 봐."

'뭘 두고 보라는 걸까?'

송나영이 의아한 시선을 던지고 있을 때, 김철민이 덧붙였다.

"저 배트 플립 덕분에 심원 패롯스가 이길 테니까."

2 : 3.

태식의 홈런으로 심원 패롯스는 우송 선더스에 한 점차로 따라붙었다. 그리고 태식의 홈런은 단순한 홈런 이상의 의미가 있었다.

우선 팀 분위기가 바뀌었다.

'이제 끝이다.'

'석 점의 격차를 따라잡기 어렵다.'

'가을 야구 진출을 위한 희망의 불씨가 꺼졌다.'

필립 스미스의 호투에 눌리며 한 점도 뽑아내지 못하고 석 점차로 뒤진 채 경기 중반에 접어들었을 때, 더그아웃의 분위기는 어두웠다.

선수들의 머릿속에 이런 생각들이 가득 차 있었기 때문이다.

그러나 태식이 한 점차로 추격하는 투런 홈런을 터뜨리고 나자, 선수들의 생각이 바뀌었다.

'아직 끝나지 않았다.'

'한 점차로 추격했으니 충분히 따라잡을 수 있다.'

'가을 야구 진출 희망은 여전히 남아 있다.'

'한번 해보자!'

선수들의 생각이 이렇게 바뀌자 침체되어 있던 더그아웃의 분위기도 자연스레 밝아졌다.

또 하나의 효과는 경기 분위기가 가열되었다는 점이었다.

이명기가 사구를 맞으며 촉발됐던 벤치 클리어링이 시작이었다. 그리고 홈런을 터뜨린 후에 1루로 달려가는 대신 홈런을 느긋하게 감상한 후에 태식이 한 의도적인 배트 플립, 거기에 이전 경기에서부터 이어져 내려온 악연의 여파까지.

무섭게 달아오른 경기의 분위기는 살벌했다.

툭 하고 건드리면 폭발할 정도로 가열된 분위기.

"손해 볼 건 없어!"

이런 가열된 분위기가 심원 패롯스에 해가 될 것은 없다는 판단을 태식이 내렸다. 그리고 심원 패롯스의 6회 초 공격은 아직 끝이 아니었다.

슈아악!

6번 타자 김대희는 흥분한 필립 스미스의 4구째 직구를 공략해서 우중간을 가르는 2루타를 터뜨렸다.

홈런에 이어 2루타까지 허용하면서 필립 스미스가 흔들리자, 장정훈 감독이 팔짱을 풀고 감독석에서 일어서는 것이 보였다.

일방적이었던 경기의 분위기가 6회 초에 접어든 후 심상치 않게 흘러간다는 것을 직감했기 때문이다. 그러나 장정훈 감독이 본격적으로 움직이기도 전에 사건이 터졌다.

슈아악!

필립 스미스가 던진 몸 쪽 공이 7번 타자 강만호의 머리 쪽으로 날아들었다.

깜짝 놀란 강만호가 엉덩방아를 찧으며 잽싸게 피한 덕분에 사구로 이어지지는 않았다. 그렇지만 강만호의 심기를 불편하게 만들기에 충분한 위협구였다.

'고의!'

더그아웃에서 지켜보던 태식이 두 눈을 빛냈다.

실수로 손에서 공이 빠진 것이 아니었다.

방금 필립 스미스가 던졌던 위협구는 분명히 고의성이 있었다.

'배트 플립!'

벤치 클리어링의 여운이 남아 있는 데다가, 필립 스미스도 아까 태식이 의도적으로 했던 배트 플립을 코앞에서 지켜보았었다.

그로 인해 잔뜩 빈정이 상했기에 강만호에게 보복성 위협구를 던진 것이었다.

'이제… 어떻게 될까?'

고의성이 있었다는 것을 간파했기 때문일까.

필립 스미스를 죽일 듯이 노려보던 강만호는 뒤로 물러나는 대신 아까보다 더 바짝 타석에 붙었다.

필립 스미스도 기세 싸움에서 밀리지 않았다.

슈아악!

픽!

필립 스미스는 다시 의도적으로 몸 쪽 공을 선택했다. 그리고 필립 스미스의 손을 떠난 공은 강만호의 허벅지를 맞췄다.

강만호의 인내심은 여기까지였다.

콱!

방망이를 거칠게 내던진 강만호가 마운드로 뛰어올라 갔다.

"너, 일부러 맞췄지?"

"What?"

"왓 같은 소리 하고 있네. 야구 이렇게 더럽게 할 거야?"

누가 말릴 새도 없었다.

순식간에 마운드 위로 뛰어올라간 강만호가 필립 스미스의 멱살을 틀어쥔 채 고함을 내질렀다.

우르르.

우르르.

마운드 위에서 강만호와 필립 스미스의 설전이 벌어지자, 또 한 번의 벤치 클리어링이 발발했다.

두 팀의 선수들이 모두 마운드 위로 몰려들었고, 또 한차례 벤치 클리어링이 발발하자 주심도 더 참지 않았다.

"퇴장!"

"퇴장!"

이명기에 이어 강만호에게까지 사구를 던졌던 필립 스미스에게 주심은 단호하게 퇴장 명령을 내렸다. 그리고 설전을 벌이다가 참지 못하고 필립 스미스의 멱살을 틀어쥐었던 강만호에게도 퇴장 명령이 내려졌다.

주심이 두 선수에게 퇴장 명령을 내리자, 장정훈 감독과 이철승 감독이 모두 불만을 드러냈다.

그러나 주심의 판정은 번복되지 않았다.

'어느 쪽의 손해가 클까?'

머릿속으로 바쁘게 손익계산을 하던 태식의 입가로 웃음이 떠올랐다.

공평하게 각각 한 명씩 퇴장을 당한 상황.

그렇지만 심원 패롯스에 비해 우송 선더스의 손해가 훨씬 더 크다는 계산을 마쳤기 때문이다.

"Fuck!"

주심에게서 퇴장 명령을 받은 필립 스미스가 작게 욕설을 내뱉으며 마운드를 내려갔다.

"비슷해!"

선발투수의 갑작스러운 퇴장.

지금의 상황이 예전과 무척 흡사하다는 생각이 들었다.

예전 경기에서도 심원 패롯스의 선발투수였던 윤동하가 벤치 클리어링이 발발하며 퇴장을 당했었다.

그때와 달라진 것은 하나.

이번에는 심원 패롯스가 아닌 우송 선더스의 선발투수였던 필립 스미스가 퇴장을 당했다는 것이었다.

"준비한 불펜 투수가 없어!"

비록 불만이 있더라도 주심의 판정은 번복되지 않았다.

그래서일까?

선발투수인 필립 스미스의 갑작스러운 퇴장이라는 악재를 만난 우송 선더스의 더그아웃은 분주해졌다.

그러나 시간이 없었다.

퇴장을 당하기 전, 필립 스미스의 투구 수는 77개.

투구 수 관리가 무척 잘된 상태였다.

최소 7이닝, 최대 완투까지 필립 스미스에게 맡길 요량이었기에, 불펜에서 준비하는 투수는 없었다.

장정훈 감독이 급히 준비하라고 지시를 해서 마운드에 올린 것은 필승조에 속한 불펜 투수인 양승환이었다.

올 시즌 18홀드를 기록하며 빼어난 활약을 펼친 양승환이었지만, 태식은 충분히 공략이 가능하다는 판단을 내렸다.

우선 양승환이 몸을 충분히 풀면서 준비할 시간을 갖지 못한 상태였고, 잇따라 발발한 벤치 클리어링은 심원 패롯스 타자들에게 예전의 악연을 떠올리게 만들었다.

그로 인해 승부욕이 활활 불타오른 타자들은 타석에서 더욱 집중하고 있었다.

무사 1, 2루 상황에서 타석에 들어선 것은 8번 타자 용덕수.

'승부처!'

바로 지금이 오늘 경기의 승부처라는 판단이 든 순간, 태식이 자리에서 일어났다가 멈칫했다.

'너무 과한 게 아닐까?'

퍼뜩 든 생각이 태식을 주저하게 만들었다.

그렇지만 오늘 경기에서 패하면 뒤가 없다는 생각이 든 순간, 태식이 결국 자리에서 일어섰다.

"상황이 복잡하게 변했군!"

강만호와 필립 스미스의 예기치 못한 갑작스러운 퇴장으로 인해 경기 양상은 급변하고 있었다.

'어느 쪽이 유리할까?'

머릿속으로 바쁘게 계산을 하던 이철승의 표정이 밝아졌다.

지명타자인 강만호가 퇴장을 당한 것에 비해 선발투수인 필립 스미스가 갑작스레 퇴장을 당한 우송 선더스의 손실이 더 큰 것이 틀림없었기 때문이다.

그렇지만 마냥 웃을 수만은 없었다.

강만호가 퇴장으로 인해 라인업에서 빠지면서 팀의 공격력이 약화됐다는 것은 부인할 수 없었으니까.

'희생번트!'

이철승이 떠올린 것은 희생번트였다.

무사 1, 2루 상황.

현재 스코어는 2 : 3.

동점을 만드는 것이 우선이라는 생각이 들었기 때문이다.

해서 이철승이 용덕수에게 희생번트 지시를 내리겠다고 막 결심을 굳힌 순간이었다.

"감독님!"

김태식이 곁으로 다가왔다.

"무슨 일이야?"

"드릴 말씀이 있습니다."

"뭐지?"

"믿어주십시오."

김태식이 불쑥 꺼낸 말을 들은 이철승이 의아한 시선을 던졌다.

"뜬금없이 무슨 소리야?"

"덕수 말입니다."

"용덕수를 믿으라고?"

"꼭 덕수를 한정해서 드리는 말씀은 아닙니다."

"......?"

"저희 선수들을 믿어주십시오."

이철승이 더욱 의아한 시선을 던졌다.

김태식이 갑자기 자신을 찾아와서 이런 이야기를 꺼내고 있는 저의를 파악하기 힘들었기 때문이다.

"김태식."

"네."

"시간 없다. 진짜 하고 싶은 말이 뭐야?"

이철승이 재촉하고 나서야, 김태식이 본론을 꺼냈다.

"너무 조급하십니다."

"내가 조급하다?"

"네."

"왜 그렇게 생각한 거지?"

"감독님이 내리셨던 작전 지시를 보고 그렇게 생각했습니다."

"내가 지시한 작전?"

"번번이 빗나갔습니다."

"......?"

"상대에게 읽히고 있기 때문입니다."

"내 작전이 장정훈 감독에게 읽히고 있다?"

감독 입장에서 결코 기분 좋은 일은 아니었다. 그래서 이철승이 슬쩍 미간을 찌푸린 순간, 김태식이 덧붙였다.

"버스터, 그리고 전진 수비. 모두 상대에게 읽혔습니다."

"흐음!"

이철승이 침음성을 터뜨렸다.

1회 초에 최순규에게 지시했던 버스터 작전, 그리고 1회 말 무사 만루의 위기에서 지시했던 전진 수비.

김태식의 말처럼 모두 실패로 돌아갔던 것이 사실이었다.

그렇지만 감독으로서 지시를 내리는 모든 작전이 성공을 거둘 수는 없는 노릇.

그저 운이 없었다고 여겼다.

그런데 김태식은 그게 아니라고 말하고 있었다.

"사인을 훔친 것이 아닙니다."

"그럼?"

"감독님의 조급한 마음을 읽은 겁니다."

"좀 더 자세히 말해봐."

"순규에게 버스터 작전을 지시하셨던 것, 선발투수인 동하와 불펜 투수들까지 모두 믿지 못하셨기 때문이 아닙니까? 경기 초반에 선취점을 올린다고 해도 리드를 끝까지 지켜내기 어렵다. 그러니 필립 스미스가 경기 초반에 난조를 보이는 틈을 타서 대량 득점을 올리자. 이런 계산으로 감독님께서는 버스터 작전을 지시했을 겁니다."

"……."

"1회 말에 펼쳤던 전진 수비도 마찬가지입니다. 투수 싸움에서는 우리가 밀린다. 그러니 선취점을 먼저 허용해서는 안 된다. 이렇게 판단하셨기 때문에 전진 수비를 지시하셨지만, 역시 좋지 않은 결과가 나왔었죠."

"인정하지. 아주 정확해. 그리고… 네가 읽었던 내 머릿속의 생각을 장정훈 감독도 읽었다는 뜻이로군."

이철승이 고개를 끄덕였다.

오늘 경기에서 작전이 실패했던 것.

단지 운이 없었기 때문이 아니었다.

김태식의 말처럼 자신의 조급한 마음이 장정훈 감독에게 읽혔기 때문에 실패로 돌아갔던 것이었다.

"그럼 아까 한 말은 무슨 뜻이야? 더 이상 작전을 펼치지 말라는 뜻인가?"

"그건 아닙니다."

"그럼?"

김태식이 대답했다.

"제가 드렸던 말씀 그대로 우리 선수들을 믿어주십시오. 그리고……."

"그리고 뭐야?"

"역으로 이용하자는 뜻입니다."

용덕수가 번트 모션을 취하자, 우송 선더스의 1루수와 3루수가 번트 수비를 펼치기 위해서 전진했다.

슈아악!

필립 스미스에 이어 마운드에 오른 양승환이 초구를 던진 순간, 용덕수가 강공으로 전환했다.

버스터.

딱!

잘 맞은 타구는 아니었다.

그러나 바운드를 크게 일으킨 타구는 번트 수비를 위해 홈 플레이트 쪽으로 전진해서 수비를 펼치고 있던 3루수의 키를 살짝 넘겼다.

1타점 적시타.

좌익수가 공을 잡았지만, 홈으로 송구를 해볼 엄두도 내지 못했다.

3 : 3.

마침내 동점이 된 순간, 태식이 맞은편 더그아웃으로 시선을 던졌다.

이미 한차례 실패했던 버스터 작전이었다.

또다시 버스터 작전을 펼칠 거라 예상치 못했던 장정훈 감독은 허를 찔린 탓에 당황한 기색이 역력했다.

희생번트.

장정훈 감독이 예상했을 작전이었다.

심적으로 쫓기면서 조급한 이철승 감독이 우선 동점을 만들기 위해서 희생번트를 할 것이라고 확신했겠지만, 태식의 조언을 사심 없이 받아들인 이철승 감독의 선택은 희생번트가 아니었다.

용덕수에게 과감한 버스터 작전을 지시해서 장정훈 감독을 당혹케 만들었다. 그리고 용덕수의 타격도 아주 좋았다.

3루수가 번트에 대비해서 전진 수비를 펼치고 있다는 것을 간파하고, 의도적으로 3루 쪽으로 타구를 보냈다.

그리고 찬스는 아직 끝난 것이 아니었다.

여전히 무사 1, 2루의 찬스가 이어지고 있는 가운데, 타석에는 9번 타자인 헨리 소사가 들어섰다.

슈아악!

따악!

헨리 소사는 갑작스레 등판한 터라 아직 몸이 덜 풀린 양승환의 가운데로 몰린 직구를 그냥 흘려보내지 않았다.

힘껏 당겨 친 타구는 좌중간을 반으로 가르며 펜스까지 굴러갔다.

헨리 소사가 2타점 적시 2루타를 때려내면서 역전을 만들어 낸 순간, 태식이 박수를 보내며 혼잣말을 꺼냈다.

"이겼다."

"끝났군!"

심원 패롯스의 9번 타자인 헨리 소사.

그렇지만 헨리 소사의 활약상은 9번 타순과 어울리지 않았다.

9번 타순이 아닌 중심 타선에 포진되는 것이 당연하다고 느껴질 정도로 부상에서 복귀한 헨리 소사의 활약은 뛰어났다.

그리고 오늘 경기에서도 좋은 활약을 이어나갔다.

양승환을 상대로 2타점 적시 2루타를 터뜨려서 기어이 역전을 만들어냈다.

"더 볼 것도 없겠어."

헨리 소사의 역전 적시 2루타가 터진 순간, 김철민이 꺼낸 말이었다. 그 이야기를 들은 송나영이 고개를 갸웃했다.

5 : 3.

헨리 소사의 적시 2루타가 나온 덕분에 역전이 만들어지며 심원 패롯스는 두 점차의 리드를 잡는 데 성공했다.

그렇지만 아직은 6회 초.

스코어는 고작 두 점차에 불과했다.

경기가 뒤집힐 가능성은 충분히 남아 있다고 송나영이 판단했을 때였다.

"아, 이번에도 잘 맞았습니다. 쭉쭉 뻗어가는 타구. 우익수가 열심히 쫓아가지만 역부족인 것처럼 보입니다. 넘어가나요? 네, 넘어 갔습니다. 침묵하던 심원 패롯스의 타선이 6회 초에 무섭게 폭발합니다. 이종도 선수의 볼넷에 이어 임현일 선수의 쓰리런 홈런까지 터지면서 결국 빅 이닝을 만들어내는 데 성공합니다. 스코어는 8 : 3. 아, 양승환 선수가 아웃 카운트를 하나도 잡지 못하고 마운드를 내려갑니다."

심원 패롯스의 2번 타자 임현일이 홈런을 터뜨리면서 스코어는 순식간에 다섯 점차로 벌어졌다.

'안정권!'

아까와는 달랐다.

경기가 중후반으로 접어든 시점에 5점의 격차는 무척 컸고, 오늘 경기는 심원 패롯스의 승리로 끝날 가능성이 높아졌다.

'어떻게… 아셨지?'

송나영이 김철민에게 새삼스러운 시선을 던지고 있을 때였다.

"어떨 것 같아?"

"네? 갑자기 무슨 말씀이세요?"

"심원 패롯스가 가을 야구에 진출할 수 있을 것 같아?"

"그건……."

"기자라면 대충 감이 올 거 아냐?"

쩝.

송나영이 입맛을 다셨다.

'이게 아닌데.'

송나영이 김철민을 찾아온 이유는 질문을 던지기 위함이었다.

그런데 정작 질문은 던져보지도 못하고 계속 질문을 받고만 있었다.

그래서 난감한 표정을 짓고 있던 송나영이 김철민을 빤히 바라보았다.

아까 헨리 소사의 역전 적시타가 터진 순간, 김철민은 이미 승부가 기울었으니 더 볼 것도 없다고 단언했다. 그리고 경기는 실제로 김철민이 단언했던 대로 흘러갔다.

"저기, 어르신."

"어르신?"

"네, 어르신."

"내가 어르신 소리를 들을 정도로 나이가 들진 않았는데. 어쨌든 왜?"

"어르신이 생각하시기에는 어떨 것 같습니까?"

"내 생각이 궁금해?"

"그렇습니다."

"왜?"

"네?"

"내 생각을 듣고 기사로 쓰려고?"

송나영이 멋쩍은 표정을 지었다.

만약 김철민의 의견을 묻고 나서 이걸 근거로 기사를 작성한다면 어떻게 될까?

이 의견을 낸 것이 프로야구 관계자나 전문가가 아닌 김태식 선수의 아버지라는 사실을 밝힌다면 펄쩍 뛸 유인수의 모습이 그려졌다.

아니, 유인수는 화를 내지 않을 가능성이 더 높았다.

너무 기가 차서 혀를 끌끌 찰 터였다.

어쨌든 송나영이 김철민의 의견을 바탕으로 기사를 작성한다고 하더라도, 유인수의 벽을 넘지 못하고 묻혀·버릴 가능성이 농후했다.

그러나 김철민은 아랑곳하지 않고 말을 이었다.

"뭐, 그동안 아가씨가 태식이에 대해 좋은 기사를 많이 써줬으니까 그것에 보답하는 셈 치고 알려주지. 반반이야."

"반반… 이요?"

"분명히 어려운 상황이야. 그렇지만 야구도 인생도 끝날 때까지는 어떻게 될지 모르는 거잖아."

"그건 그렇죠."

잔뜩 기대했던 것에 비해 싱거운 대답이었다. 그래서 맥이 빠진 송나영이 조심스럽게 입을 뗐다.

"저도 하나 궁금한 게 있는데요."

6. 기연이 아닌 기적

"뭐가 궁금한데?"

"김태식 선수에 대한 것입니다."

"말해봐."

"올 시즌에 트레이드를 통해서 심원 패롯스로 이적한 후, 김태식 선수의 활약이 대단하잖아요. 어르신은 그 이유가 무엇 때문인 것 같으세요?"

"우리 태식이가 잘하는 이유?"

"네. 그러니까… 기……."

"기연을 만난 것 아니냐? 이걸 묻고 싶어서 찾아온 거야?"

"기연을 아세요?"

"당연히 알지."

"······?"

"나도 소싯적에 무협 소설 좀 읽었거든."

송나영이 속으로 혀를 내둘렀다.

김철민이 무협 소설에 자주 등장하는 기연이란 표현을 이미 알고 있을 줄은 몰랐기 때문이다.

그때였다.

"기연을 만난 게 아냐."

김철민이 잘라 말했다.

"그럼요?"

"기적을 만났지."

"기적··· 이요?"

송나영이 두 눈을 빛냈다.

"어떤 기적인데요?"

"별거 아냐."

"네?"

"기적이라는 것, 별거 아니라고. 꽤 자주 일어나거든."

"기적이 자주 일어난다고요?"

"내게도 기적이 일어났어."

"그건 또 무슨 말씀이세요?"

대체 무슨 기적이 일어났다는 걸까?

제대로 말뜻을 이해하지 못한 송나영이 의아한 시선을 던지고 있자, 김철민이 흐릿한 웃음을 머금은 채 말했다.

"육 개월!"

"육 개월이요?"

"작년 말쯤에 의사가 말하더라고. 앞으로 길면 육 개월 정도 더 살 수 있을 거라고."

"네? 네."

시한부 선고를 받을 정도로 김철민의 병세가 위중하다는 사실을 뒤늦게 알아챈 송나영이 적잖이 당황했을 때였다.

"그런 표정 지을 필요 없어. 육 개월 넘겼으니까."

"듣고 보니 그러네요."

송나영이 고개를 끄덕였다.

작년 말에 길어야 육 개월이라는 시한부 선고를 받았지만, 김철민은 육 개월을 훌쩍 넘긴 지금까지도 살아 있었다. 그리고 송나영이 지금 만나고 있는 김철민은 중병을 앓고 있는 환자라고는 믿기지 않을 정도로 혈색도 좋았고, 목소리에도 힘이 넘쳤다.

"의사 말을 듣고 나서 죽을 날만 손꼽아 기다렸어. 그런데 어느 날 태식이가 찾아와서 그러더라고. 앞으로 경기에 나갈 거라고. TV로 중계하는 1군 경기에 출전할 테니까 꼭 봐야 한다고. 그리고 약속을 지켰지."

김철민의 입가에 떠올라 있던 미소가 짙어졌다.

"태식이가 출전하는 경기를 보기 위해서 버텼어. 아들이 출전하는 경기라 그런지 몰라도 아주 재밌더라고. 그게 유일한 낙이 돼서 지금까지 버틸 수 있었던 것 같아. 어떤가? 이 정도면 내게도 기적이 벌어진 것이 아닌가?"

송나영이 고개를 끄덕였다.

기적은 먼 곳에 있지 않다는 말. 그리고 꽤 자주 일어난다는 김철민의 표현은 틀리지 않았다.

의사로부터 시한부 판정을 받았음에도 그 시간을 훌쩍 넘기고 이렇게 건강하게 버티고 있는 김철민에게 일어난 것도 일종의 기적이었다.

"아마 태식이에게도 기적이 일어났을 거야. 정확히 어떤 기적인지는 나도 몰라. 그렇지만 왜 기적이 벌어졌는지는 알 것 같아."

"왜죠?"

"끝까지 포기하지 않았거든."

송나영이 재차 고개를 끄덕였다.

모두가 김태식을 잊었다.

김태식이라는 선수가 아직 선수 생활을 하고 있는지 여부조차도 잊고 지냈는데······.

김태식은 끝까지 야구를 포기하지 않았다. 그리고 포기하지 않았기 때문에 기적을 만났던 것이다.

"어르신."

"응?"

"더 오래 사셔야 해요."

송나영이 당부하자, 김철민이 껄껄 웃으며 대답했다.

"난 이제 당장 죽어도 여한이 없어. 내가 바라는 건 딱 하나뿐이야."

"무엇… 인가요?"

"태식이에게 벌어진 기적이 오래 이어지길 바랄 뿐이야."

＊   ＊   ＊

최종 스코어 12 : 3.

심원 패롯스는 강호 우송 선더스를 상대로 완승을 거두었다. 그리고 심원 패롯스는 이 승리로 꽤 많은 것을 얻었다.

우선 불펜 투수들을 아꼈다.

윤동하가 127개의 공을 던지며 완투승을 거뒀기 때문이다.

또 하나의 소득은 마경 스왈로우스가 전문가들의 예상과 달리 삼산 치타스에게 패하며, 두 팀의 격차가 한 게임으로 줄어들었다는 것이다.

그리고 마지막 소득은 이철승이 조급한 마음을 버렸다는 점이었다.

"아주 적절한 타이밍이었어."

위스키를 한 모금 마시고 내려놓은 이철승이 작게 혼잣말을 꺼냈다.

12 : 3이라는 최종 스코어만 보면 낙승처럼 보였다.

그렇지만 우송 선더스와의 경기는 접전이었고, 가장 큰 고비가 찾아왔던 것은 빅이닝을 만들었던 6회 초였다.

만약 6회 초에 찾아왔던 무사 1, 2루의 찬스에서 우선 동점을 만들기 위해서 희생번트를 지시했다면?

경기의 양상은 크게 달라졌을 가능성이 높았다.

결국 적당한 타이밍에 자신에게 건네진 김태식의 조언이 고비를 넘기고 낙승을 거둔 결정적인 계기라고 할 수 있었다.

"신뢰가 쌓였어!"

다시 위스키 잔을 들어 올리며 이철승이 입을 뗐다.

김태식이 건넸던 조언.

월권이라고 해도 과언이 아니었다. 그러니 건방지다고 생각해서 기분이 상할 수도, 그냥 무시할 수도 있었다.

그렇지만 아무런 반감 없이 김태식이 건넸던 조언에 귀를 기울일 수 있었던 데는 이유가 있었다.

그간 김태식에게 차곡차곡 신뢰가 쌓였기 때문이다.

"이제 나만 잘하면 돼."

거취 문제는 신경 쓰지 않는다.

일단 정규 시즌이 종료될 때까지 최선을 다한다.

김태식에게 이렇게 각오를 밝혔었다.

그렇지만 은연중에 조급한 마음이 깃들었다. 그래서 감독 역할을 제대로 하지 못하고 있었다.

이제부터라도 감독 역할을 제대로 하겠다고 이철승이 마음을 다잡았다.

"승부의 관건은 투수 운용이 되겠군!"

마경 스왈로우스와의 피할 수 없는 일전.

올 시즌 가장 중요한 일전을 앞두고 이철승이 장고에 잠겼다.

심원 패롯스 VS 마경 스왈로우스.

현재 리그 6위와 5위의 맞대결.

지난 경기에서 승패가 엇갈리면서 어느덧 격차가 한 경기로 줄어든 상황이기에 오늘 경기는 무척 중요했다.

와일드카드로 가을 야구에 출전할 팀이 결정이 될 수도 있는 경기였기에, 많은 팬들의 관심이 몰렸다.

그리고 팬들의 관심이 몰린 것에는 하나의 이유가 더 있었다.

트레이드!

올 시즌 도중, 심원 패롯스와 마경 스왈로우스는 트레이드를 단행했다.

처음 트레이드가 발표됐을 당시만 해도 팀의 미래로 손꼽히던 유망주 투수 안주열을 내주고 퇴물 취급을 받던 김태식과 육성 선수 출신인 용덕수를 받아들였던 심원 패롯스와 이철승 감독에 대한 비난이 쇄도했다. 그러나 정규 시즌이 막바지에 접어든 지금은 당시 트레이드에 대한 평가가 달라졌다.

윈윈 트레이드(Win—win trade).

이런 평가가 지배적이었다.

실제로 심원 패롯스와 마경 스왈로우스는 트레이드를 통해 약점을 보완했고, 그 덕분에 순위가 상승했다.

그러나 여전히 두 팀의 트레이드에 대한 관심은 아직 식지 않았다.

원윈 트레이드라는 평가에 만족하지 못하는 많은 팬들은 이번 맞대결에서 어느 팀이 더 이득이었는가를 본인의 눈으로 확인하고 싶어 했다.

경기 시작 전.

태식이 용덕수와 함께 홈팀인 마경 스왈로우스의 더그아웃으로 찾아갔다.

그런 두 사람을 가장 먼저 반갑게 맞아준 것은 아이러니하게도 트레이드 상대였던 안주열이었다.

"선배님."

"오랜만이다."

"요즘 활약 대단하시던데요."

안주열이 엄지를 추켜올렸다.

태식도 지지 않고 웃으며 화답했다.

"손해 본 트레이드라는 얘기 듣고 싶지 않아서 열심히 했거든. 너야말로 요새 활약이 훌륭하던데."

안주열은 정규 시즌이 후반부에 접어든 후에도 체력 문제를 드러내지 않고 꾸준히 선발 로테이션을 소화해 냈다.

그런 안주열의 빼어난 활약이 마경 스왈로우스가 현재 리그 5위 자리를 지키는 데 원동력이 되었다.

오죽하면 마경 스왈로우스의 팬들이 안주열에게 '굴러온 복덩이'라는 애칭까지 붙였을까.

"다 선배님 덕분입니다."

"응?"

"그때 선배님이 해주신 조언 덕분에 마음가짐이 바뀌었습니다. 그리고 마음가짐이 바뀌니까 야구가 잘 풀리더라고요."

태식이 고개를 끄덕였다.

"분하지? 억울하지? 나도 그랬다. 감히 날 버린 감독과 프런트들에게 복수하고 싶었지. 그래서 더 이를 악물고 경기에 나섰어. 그리고 어떤 결과가 나왔는지 알아? 부상을 당했다."

마경 스왈로우스와의 맞대결에서 승리를 거두고 난 후, 태식은 안주열을 찾아가서 충고를 건넸다.

과한 오지랖이라는 생각이 들어서 몇 번씩이나 망설였지만, 결국 태식은 안주열을 찾아갔었다.

안주열이 자신과 똑같은 전철을 밟을까 봐 걱정이 들었기 때문이다.

결과적으로 그 선택은 옳았다.

태식이 진심을 담아 건넸던 충고를 받아들인 덕분에 안주열은 부상의 위험에서 벗어나서 건강하게 투구를 하고 있었으니까.

또, 당시 트레이드의 당사자들이었음에도 불구하고, 이렇게 좋은 감정으로 웃으면서 마주할 수 있었으니까.

"덕수야. 너도 인사… 어?"

함께 찾아왔던 용덕수가 어디론가 사라졌다는 사실을 뒤늦게 깨달은 태식이 주변을 살피고 있을 때였다.

"저기 있네요."

"어디?"

"일중 선배와 무슨 얘길 하고 있는데요."

안주열의 말처럼 용덕수는 김일중과 마주 서서 대화를 나누고 있었다.

"어, 육성. 너 요새 잘하더라."

"칭찬해 주서서 감사합니다. 그래서 선배님께 인사를 드리려고 찾아왔습니다."

"응?"

"제가 이만큼 할 수 있었던 것. 선배님 덕분이니까요."

"내 덕분이라고? 내가 뭘 했다고?"

"선배님이 뼈가 되고 살이 되는 독한 말씀을 해주신 덕분에 제가 이를 악물고 연습했거든요."

"……"

"그리고 선배님이 틀렸습니다."

"뭐가 틀렸단 거야?"

"사람 가리면서 사귀라고 하셨잖습니까? 퇴물이나 다름없는 태식 선배와 친하게 지내면 야구 오래 못 할 거란 말씀도 덧붙이셨고. 그 말씀 틀렸단 겁니다. 제가 아직까지 야구하고 있는 게 증거입니다. 그리고… 요새 외로우시겠습니다."

"무슨 소리야?"

"퇴물이랑 친하게 지내면 안 된다고 말씀하셨잖아요? 요새 선배가 주전 경쟁에서 확실히 밀리셨던데요."

용덕수와 김일중 사이에 오가는 대화에 귀에 기울이던 태식이 쓰게 웃으며 고개를 절레절레 흔들었다.

용덕수는 은원이 확실한 성격이었다.

은혜도 잊지 않았지만, 원한도 절대 잊지 않았다. 그래서 예전에 1군으로 승격했을 때, 자신을 무시하면서 독설을 퍼부었던 김일중에게 받았던 대로 고스란히 갚아주고 있는 것이었다.

"저 녀석도 성격이 보통 아닌데요."

"나랑 어울리더니 변했네."

"네?"

"이제야 프로 선수다워졌어. 프로에서 살아남으려면 저 정도 근성은 있어야지."

안주열에게 대답한 태식이 용덕수를 불렀다.

"덕수야. 빨리 와. 감독님 만나러 가야지."

더 큰 분란이 일어나는 것을 막기 위해서 태식이 용덕수를 불렀다. 그리고 마지못한 표정으로 곁으로 다가온 용덕수는 눈치가 빨랐다.

태식이 일부러 자신을 불렀다는 사실을 알아채고 물었다.

"왜 말리시는 겁니까?"

"그만 하면 됐다."

"하지만……"

"나머지는 그라운드에서 풀어라."

태식의 충고가 옳다고 판단했기 때문일까.

용덕수가 입을 다물었을 때, 더그아웃에 강상문 감독이 모습을 드러냈다.

"김태식, 용덕수!"

"감독님, 오랜만에 인사드립니다."

"그간 잘 지내셨습니까?"

강상문 감독은 반가운 기색을 감추지 않고 먼저 악수를 청했다.

태식도 마주 웃으며 악수를 했다.

트레이드를 결정했던 것이 강상문 감독이었지만, 그에게 악감정은 없었다. 오히려 고마운 마음이 더 컸다.

당시에 트레이드를 목표로 했던 태식이 강상문 감독에게 건넸던 이야기들.

강상문 감독의 입장에서는 뜬구름 잡는 이야기처럼 들렸을 가능성도 충분했다. 그렇지만 그는 태식의 이야기를 무시하지 않았다.

오히려 태식이 했던 이야기들에 귀를 기울여 주었을 뿐만 아니라, 그 이야기들을 그라운드에서 증명할 수 있는 기회도 주었다.

덕분에 내심 목표로 하고 있었던 트레이드가 성사돼서 태식은 심원 패롯스로 적을 옮길 수 있었다.

"너희들 경기를 다 챙겨보지는 못하지만, 활약상에 대해서는 꼬박꼬박 챙기고 있다. 둘 다 아주 잘하던데."

"모두 감독님 덕분입니다."

"내 덕분이라고? 그러니까 내 밑이 아니라 이철승 감독님 밑에 있으니까 야구가 더 잘된다. 이런 뜻인가? 이거 서운한데."

"그런 뜻이 아니라……."

"농담이야."

강상문 감독이 껄껄 웃으며 덧붙였다.

"이런 상황에서 만나게 되어 좋구나."

그 말을 들은 태식도 고개를 끄덕였다.

트레이드 이후 마경 스왈로우스와 심원 패롯스는 전력을 보강하며 순위가 상승했다.

세간의 평가도 윈윈 트레이드라고 부르고 있었고.

강상문 감독이 방금 꺼낸 말에 담긴 의미였다.

"김태식, 오늘도 나오나?"

얼굴에서 웃음기를 지운 강상문 감독이 불쑥 질문했다.

갑작스러운 질문을 받은 태식이 의아한 표정을 지었다.

"계속 경기에 출전하고 있습니다."

"나도 감독이야."

"……?"

"상대 팀 분석 정도는 한다는 뜻이지. 네가 계속 경기에 출전하고 있다는 것을 모를 리가 없잖아?"

"그런데 왜?"

"내가 물은 것은 오늘 경기에 투수로 등장하느냐 여부야."

비로소 태식이 말뜻을 알아들었다. 그렇지만 태식은 강상문 감독의 궁금증을 바로 풀어주는 대신, 뜸을 들였다.

'야수 김태식이 아니라, 투수 김태식을 더 신경 쓰고 있다?'

모두의 예상을 깨고 태식이 투수로서 등판했던 것은, 태식이 짐작했던 것보다 훨씬 더 강렬한 인상을 남겼다.

강상문 감독이 태식이 투수로서 등판하는가 여부를 궁금해 하면서 신경을 쓰는 것이 그 증거였다.

그리고.

'이걸… 이용할 수 있지 않을까?'

퍼뜩 그런 생각이 태식의 머리를 스치고 지나갔다.

7. 미지의 생명체

"아마 출전할 겁니다."

"그래?"

"저희 팀에 대해서 분석을 하셨다고 했으니 이미 알고 계시겠지만, 투수진 운용에 어려움을 겪고 있습니다. 마운드에 올릴 수 있는 가용 자원이 한정되어 있으니, 저도 등판할 가능성이 높습니다."

태식의 이야기가 일리가 있다고 생각해서일까.

강상문 감독이 희미하게 고개를 끄덕이는 것을 지켜보던 태식이 다시 입을 뗐다.

"너무 신경 쓰실 필요 없습니다."

"응?"

"어차피 한물간 투수이니까요."

태식이 넌지시 말했지만, 강상문 감독은 그렇지 않다는 듯 고개를 절레절레 내저으며 되물었다.

"한물간 투수가 150㎞에 육박하는 직구를 자유자재로 구사해?"

"공이 빠르다고 해서 안타를 맞지 않는 것은 아닙니다."

"공만 빠른 게 아니던데. 제구도 아주 좋았어. 그리고 더 무서운 게 뭔지 알아?"

"……?"

"네가 보여준 게 별로 없다는 거야."

강상문 감독이 말을 마친 순간, 태식이 속으로 고개를 끄덕였다.

150㎞에 육박하는 위력적인 빠른 공, 그리고 용덕수가 내밀고 있는 미트에 한 치의 오차도 없이 정확하게 날아가 꽂히는 제구력.

강상문 감독은 태식의 투구에 강렬한 인상을 받은 듯 보였다. 그렇지만 그가 가장 두려워하는 것은 이 두 가지가 아니었다.

투수 김태식이 전혀 연구가 진척되지 않은 미지의 생명체와 마찬가지라는 점을 가장 우려하고 있었다.

"또 뭐가 남았지?"

"무슨 말씀이십니까?"

"지난 등판에서 직구와 체인지업을 보여줬잖아. 그것 외에 또 어떤 구종을 구사할 수 있는가를 물은 거야."

태식이 씩 웃으며 대답했다.

"비밀입니다."

"비밀?"

"상대에게 패를 보여주고 도박에게 이길 수는 없는 법이니까
요."

어쩌면 당연한 이야기였다. 그리고 강상문 감독도 그 사실을
알고 있었지만, 그는 아쉬운 기색을 감추지 않았다.

그때였다.

"마구!"

잠자코 있던 용덕수가 대화에 끼어들었다.

"방금 뭐라고 했어?"

"마구라고 했습니다."

"마… 구?"

강상문 감독이 용덕수가 꺼낸 마구에 대해 관심을 드러냈
다.

"태식 선배, 마구를 던집니다."

"김태식이 마구를 던진다고?"

"네."

"지금 농담하는 거야?"

"농담 아닌데요. 제가 직접 마구를 받아봤습니다."

용덕수가 확신에 찬 목소리로 대답하자, 강상문 감독이 본격
적으로 관심을 드러내기 시작했다.

"그 마구 말이야. 어떤 공이었어?"

"말 그대로 마구입니다. 어떻게 설명하기가 어렵네요."

"……."

"한 가지는 확실히 말씀드릴 수 있습니다."

"뭐지?"

"태식 선배가 마구를 던지면 어느 누구도 안타를 때려내지 못할 겁니다. 아니, 배트에 맞추지도 못할 겁니다."

강상문 감독이 용덕수에게 반신반의하는 시선을 던질 때, 태식이 말했다.

"덕수야. 그만해라."

"왜요?"

"우린 마경 스왈로우스가 아니라 심원 패롯스 소속이니까."

"아, 형이 마구를 던질 수 있다는 것은 드러나면 안 되는 비밀이었나요? 그럼 제가 또 실수한 건가요?"

벅벅 머리를 긁고 있는 용덕수를 보던 태식이 픽 웃었다.

곰 같은 여우랄까.

외양은 곰과 닮았지만, 용덕수에게는 여우 같은 면이 존재했다.

태식의 의중을 파악했기 때문에 적당한 타이밍에 끼어들어서 마구에 대한 이야기를 꺼내며 강상문 감독의 머릿속을 더 복잡하게 만든 것이 그 증거였다.

진의를 파악하기 위해 애쓰던 강상문 감독이 다시 질문을 던졌다.

"어깨는 어때?"

"네?"

"어깨 부상을 당했었잖아. 그래서 야수로 전향했었고. 그러니까 내가 궁금한 건… 공을 몇 개 정도나 던질 수 있는가 하는 거야."

"완투!"

"응?"

"완투도 가능할 정도로 어깨 상태는 좋습니다."

태식이 대답했지만, 강상문 감독은 순순히 믿지 않았다.

"농담하지 말고."

"농담하는 것 아닙니다."

"……?"

"정말 완투를 할 자신이 있습니다."

강상문 감독이 태식을 빤히 바라보았다.

진위 여부를 확인하기 위함이리라.

"정말인가 보네."

"제가 빈말을 하지 않는다는 것, 감독님도 알고 계시지 않습니까?"

"그래. 알지. 아주 잘 알지."

살짝 표정이 어두워졌던 강상문 감독이 이내 다시 웃음을 머금었다.

"살살 해."

"살살이요?"

태식과 용덕수를 번갈아 바라보던 강상문 감독이 덧붙였다.

"그래. 우리 팀에 있을 때도 좋았지만, 지금은 또 달라. 요새 너희들의 활약은 좀 무섭더라고."

*　　　　　*　　　　　*

"동주가 얼마나 버텨줄까?"

오늘 경기에 심원 패롯스가 내세운 선발투수는 양동주.

마경 스왈로우스의 2선발인 이안 라이트와 비교하면 선발투수의 무게감이 떨어진다는 것을 부인할 수 없었다.

어제 경기에서 윤동하가 완투하면서 불펜 투수들을 아끼긴 했지만, 구위가 떨어져 있는 불펜 투수들을 완전히 신뢰할 수 없는 상태였다.

결국 양동주가 얼마나 오래 마운드에서 버텨주는가 여부가 오늘 경기의 키포인트라고 태식은 판단했다.

양동주도 그 사실을 잘 알고 있었다.

그래서일까.

마운드에 올라 있는 양동주의 표정은 비장하기까지 했다. 그러나 태식은 우려 섞인 시선을 던졌다.

적당한 긴장과 과한 긴장!

분명히 달랐다.

적당한 긴장은 선수가 경기에 집중하는 데 도움이 되지만, 과한 긴장은 몸에 힘이 들어가게 만들어서 경기를 그르치게 만들게 마련이었다.

그리고 지금 양동주는 오늘 경기의 무게가 주는 중압감으로 인해서 과하게 긴장하고 있는 느낌이었다.

"플레이볼!"

주심의 선언과 함께 경기가 시작됐다. 그리고 태식의 우려대로였다.

따악!

양동주가 던진 초구를 마경 스왈로우스의 리드오프인 임훈이 받아 쳤다.

스트라이크를 잡기 위해서 무심코 던진 직구는 가운데로 몰렸고, 실투를 놓치지 않은 임훈의 타구는 우측 펜스를 살짝 넘기고 떨어졌다.

선두 타자 홈런.

끝까지 타구를 쫓아갔던 태식이 아쉬움에 고개를 숙였다. 그리고 고개를 숙인 것은 양동주도 마찬가지였다.

심원 패롯스의 가을 야구 진출이 걸려 있는 가장 중요한 경기.

오늘 경기의 선발투수로 나선 양동주가 어느 누구보다 더 오늘 경기의 중요성을 잘 알고 잇었다. 그래서 그는 최고의 피칭을 하겠다는 각오를 다지고 마운드에 섰다. 하지만 마경 스왈로우스의 첫 타자인 임훈에게 선두 타자 홈런을 허용하며 선취점을 내준 것이 양동주의 마음을 무겁게 만든 것이었다.

"아직… 괜찮아!"

비록 선취점을 허용하긴 했지만, 겨우 한 점이었다.

아직 경기 초반인 만큼 충분히 따라가는 것은 물론이고, 역전도 가능했다.

단, 여기에는 한 가지 전제 조건이 있었다.

양동주가 초반에 와르르 무너지면서 대량 실점을 허용해서는 안 된다는 것이었다.

따악!

임훈에게 선두 타자 홈런을 허용하고 나서 2번 타자인 이민성을 상대한 양동주는 또 안타를 허용했다.

노 볼 원 스트라이크 상황에서 던진 2구째 커브는 가운데로 몰렸고, 이민성은 마치 노리고 있었던 것처럼 매섭게 배트를 돌렸다.

무사 1루.

이민성에게 좌전 안타를 허용하면서 양동주는 위기에 처했다. 그리고 경기가 시작하자마자 마경 스왈로우스의 테이블 세터진에게 홈런과 안타를 잇따라 허용한 양동주는 당황한 기색이 역력했다.

그 후유증은 다음 타자인 정현준과의 승부에서 고스란히 드러났다.

"볼넷!"

양동주는 정현준을 스트레이트 볼넷으로 내보냈다. 그리고 정현준에게 볼넷을 허용한 양동주가 고개를 갸웃했다.

그 모습을 지켜본 태식의 표정이 어두워졌다.

양동주가 정현준를 상대로 스트라이크를 하나도 넣지 못하고 스트레이트 볼넷을 허용한 것!

갑작스러운 제구 난조가 아니었다.

실제로 양동주가 정현준을 상대로 던진 공들은 스트라이크존을 크게 벗어나지 않았다.

스트라이크존에서 공 한 개에서 두 개 정도가 빠지는 유인구들이었다.

타자의 배트가 끌려 나와도 전혀 이상할 것이 없었던 좋은 유인구들.

양동주가 못 던진 것이 아니었다.

타석에 선 정현준의 선구안이 좋았던 것이다.

그럼에도 불구하고 태식의 표정이 어둡게 변한 이유는 지금 양동주의 심리 상태가 짐작이 갔기 때문이다.

임훈과 이민성을 상대하면서 양동주는 공격적인 투구를 했다.

임훈에게 홈런을 허용한 공은 초구 스트라이크를 잡기 위해 던진 직구였고, 이민성에게 안타를 허용한 커브도 볼카운트를 유리하게 가져가기 위해서 스트라이크존을 통과하던 공이었다.

그 공격적인 투구의 결과는 좋지 않았다. 그리고 좋지 않은 결과가 양동주를 조심스럽게 만들었다.

정현준에게 안타를 맞지 않기 위해서 양동주는 공격적인 투구 대신 유인구 위주의 도망가는 피칭을 했다.

그렇지만 정현준은 좋은 선구안을 자랑하면서 스트레이트 볼넷을 얻어내며 양동주는 더 큰 위기에 처해 있었다. 그리고 무사 1, 2루의 찬스에서 타석에 들어선 것은 마경 스왈로우스의 4번 타자인 최원우였다.

"원우와 승부해야 해!"

마경 스왈로우스 소속 선수였던 시절.

태식은 자신의 해결사 능력을 두드러지게 보이게 만들기 위해서 최원우를 이용했던 적이 있었다. 그래서 최원우에 대해서는 잘 알고 있었다.

타고난 힘이 장사라서 장타력을 갖추고 있었지만, 해결사로서의 능력은 부족했다.

물론 시즌이 진행되면서 시즌 초반에 비해서는 결정력이 나아졌지만, 최원우의 득점권 타율은 여전히 2할대 초중반에 불과했다.

"병살을 유도하는 것이 최선인데."

태식이 작게 혼잣말을 꺼냈을 때, 양동주가 최원우를 상대로 초구를 던졌다.

몸 쪽 코스로 향하는 직구!

최원우는 몸 쪽 공이 들어온 순간, 망설이지 않고 배트를 힘껏 휘둘렀다.

따악!

배트 중심에 제대로 걸린 타구는 좌중간 코스를 꿰뚫었다. 좌익수인 헨리 소사가 펜스 앞에서 공을 잡아서 중계 플레이를 시도했지만, 1루 주자인 정현준이 홈으로 쇄도하는 것을 막기에는 역부족이었다.

2타점 적시 2루타.

팀의 가을 야구 진출을 결정할 수도 있는 가장 중요한 경기에서 4번 타자답게 2타점 적시 2루타를 때려낸 최원우가 2루 베이스 위에 올라선 채 포효했다.

태식이 그 모습을 지켜보는 대신 더그아웃 쪽으로 고개를 돌렸다.

양동주가 아웃 카운트를 하나도 잡지 못한 채 초반부터 난타당하며 3실점을 먼저 허용하자, 이철승 감독은 당황한 기색이 역력했다.

경기 전에 했던 구상이 완전히 어그러질 위기에 처했기 때문이리라.

답답한 기색을 드러내고 있는 이철승 감독은 선뜻 투수 교체 카드를 꺼내 들지도 못했다.

선발투수인 양동주를 믿고 계속 맡기기도, 믿고 마운드에 올릴 수 있는 교체 카드도 마땅치 않은 상황.

'내가 마운드에 올라가는 게 낫지 않을까?'

현재 심원 패롯스는 내일이 없는 절박한 상황이었다.

더 늦기 전에 이미 평정심을 잃어버린 양동주를 대신해서 자신이 마운드에 오르는 것이 낫다고 태식이 판단한 순간이었다.

같은 생각인 걸까.

이철승 감독과 태식의 시선이 부딪혔다.

태식이 기다렸다는 듯이 강렬한 시선을 던졌지만, 이철승 감독은 먼저 고개를 돌려 그 시선을 피했다.

'왜?'

태식이 눈살을 찌푸렸다.

지난 경기에서 태식은 이철승 감독의 조급함에 대해 조언을 건넸다. 그렇지만 지금은 여유를 부릴 때가 아니었다.

해서 결단을 내리지 못하는 이철승 감독을 확인하고 태식이 답답한 기색을 드러내고 있을 때였다.

"타임!"

용덕수가 마운드로 걸어 올라갔다.

8. 쫄지 마

"무슨 얘길 나눈 거지?"

용덕수가 타임을 걸고 마운드로 올라갔던 타이밍은 무척 적절했다. 그리고 마운드로 걸어 올라간 용덕수는 양동주와 오래 대화를 나누지 않았다.

몇 마디를 주고받은 후 바로 돌아갔다.

"이걸로 동주가 안정을 찾을 수 있을까?"

태식이 한숨을 내쉬었다.

워낙 중압감이 큰 경기, 그리고 초반부터 난타당하다 보니 양동주는 멘탈이 거의 붕괴되기 일보직전인 상태였다.

더구나 다음 타석에 들어선 것은 5번 타자 짐 맥그리거였다.

최원우에 비해 훨씬 더 까다로운 타자인 짐 맥그리거를 상대로 양동주가 좋은 결과를 내는 것은 어려울 거란 생각이 들었을 때였다.

슈아악!

양동주가 던진 첫 번째 공은 최원우를 상대할 때와 마찬가지로 몸 쪽으로 날아들었다. 게다가 제구가 뜻대로 되지 않은 듯 조금 높았다.

'장타?'

태식이 눈살을 찌푸린 순간, 짐 맥그리거가 초구부터 과감하게 휘두른 배트에 걸린 타구가 떠올랐다.

장타가 될 것을 예상하고 몸을 돌려 펜스 쪽으로 달려가던 태식이 도중에 걸음을 멈추었다. 고개를 돌려서 재차 확인한 타구는 예상과 달리 멀리 뻗지 못했다.

뒤로 물러나는 것을 멈추고 다시 앞으로 몇 걸음 달려 나와서 타구를 잡아낸 태식이 2루 주자인 최원우를 살폈다.

타구가 깊다고 판단해서일까.

태그업을 해서 3루로 달려가고 있는 최원우의 주루 플레이를 확인한 태식이 망설이지 않고 3루로 송구했다.

낮은 포물선을 그리며 정확히 날아간 송구가 김대희가 내밀고 있던 글러브에 도착했고, 태그업을 시도했던 최원우를 3루에서 잡아낼 수 있었다.

'됐다!'

무사 2루의 위기 상황이 순식간에 2사 주자 없는 상황으로 바뀌었다. 그리고 흔들리던 양동주는 안정을 되찾았다.

슈아악!

딱!

6번 타자 이을영을 상대로 내야 땅볼을 유도해 내며 길었던 1회 초를 마무리했다.

더그아웃으로 돌아온 태식이 벤치에 걸터앉아 있는 양동주를 힐끗 살폈다.

'생각보다 표정이 밝다?'

태식이 의아한 시선을 던졌다.

마경 스왈로우스의 4번 타자 최원우에게 2타점 적시 2루타를 허용할 때까지만 해도 양동주는 당황한 기색이 역력했다. 그리고 먼저 3실점을 허용한 것 때문에 표정도 무척 어두웠었는데.

더 이상 실점을 허용하지 않고 이닝을 마무리한 양동주의 표정은 당시에 비해 한층 밝아져 있었다.

'긴장도 풀렸어!'

옅은 미소가 떠올라 있는 양동주의 표정.

과도한 긴장으로 인해 딱딱하게 표정이 굳어져 있는 것보다 훨씬 나았다.

갑자기 양동주가 달라진 이유가 무엇일까에 대해서 고민하던 태식이 떠올린 것은 용덕수였다.

양동주가 아웃 카운트를 하나도 잡지 못한 채 3실점을 허용하면서 크게 흔들리던 순간, 용덕수가 타임을 걸고 마운드로 올라갔었다. 그리고 용덕수와 짤막한 대화를 나눈 후, 흔들리던 양동주는 안정을 되찾았다.

'무슨 얘길 한 거야?'

호기심을 이기지 못한 태식이 용덕수의 곁으로 다가갔다.

"덕수야. 아까 마운드에 올라가서 무슨 말을 했어?"

"별 얘기 안 했는데요."

"응? 그렇지만……."

"그냥 돌려줬어요."

"돌려주다니? 뭘 돌려줬단 거야?"

"제가 형한테 들었던 이야기요."

"……?"

"그러니까… 이대로는 힘들겠다는 생각이 들었습니다. 그런데 벤치의 움직임이 없더라고요. 일단 급한 마음에 마운드로 올라가긴 했는데, 무슨 말을 해야 할지 모르겠더라고요. 그런데 마운드로 걸어가는 도중에 문득 그런 생각이 들었습니다. 동주 선배도 나와 별반 다르지 않은 신인이라는 생각이요. 형도 아시겠지만, 동주 선배도 고등학교 졸업한 후에 바로 프로 무대로 건너와서 풀타임 선발로 뛴 건 올 시즌이 처음이잖아요. 그래서 동주 선배한테 가서 쫄지 말라고 얘기했죠."

"쫄지 말라고 얘기했다고?"

"형이 저한테 늘 그러셨잖아요. 야구 오래 할 거라고. 오늘 경기, 또 이번 시즌이 끝이 아니라고. 전 형이 해주셨던 말씀 덕분에 슬럼프에서 벗어날 수 있었거든요. 그래서 똑같이 말했죠."

"그게 다야?"

"공은 좋다. 홈런이랑 안타를 맞은 것은 상대의 노림수였다. 그러니까 이제부터 저만 믿고 던지라고 했죠."

"그건 또 무슨 뜻이야?"

"제가 직접 받아보니까 동주 선배 공은 나쁘지 않았어요. 막 맞아나갈 정도로 구위가 나쁘지는 않았는데, 대체 왜 이렇게 얻어맞는가를 고민해 봤어요. 그랬더니 노림수라는 생각이 퍼뜩 들더라고요. 경기 시작 전에 얘기를 해보니까, 동주 선배도 자기가 초반에 무너지면 뒤를 받쳐줄 투수가 마땅치 않다는 걸 알고 있었어요. 그래서 이닝 이터 역할을 해야 한다는 생각 때문에 투구 수를 줄이기 위해서 공격적인 피칭을 했는데, 그게 결과가 좋지 않았던 이유였다는 판단을 내렸죠. 어떤 해법을 제시해야 할까 고민하다가 이걸 역으로 이용하자는 얘길 했어요. 그러니까 마경 스왈로우스 타자들이 과감하게 배트를 내밀고 있으니까 맞불을 놓자고."

"맞불?"

"배트를 내밀지 않을 수 없는 코스로 공을 던지자. 다만 스트라이크존을 통과하는 공만 주지 말자."

임훈에게 선두 타자 홈런을 허용한 것, 이민성에게 안타를 허용한 것, 또 최원우에게 2타점 2루타를 허용한 것까지.

모두 공격적인 피칭을 하다가 얻어맞은 것이었다. 그리고 마경 스왈로우스 타자들이 이렇게 과감하게 배트를 휘두르는 것은 강상문 감독의 지시가 있었기 때문일 거란 생각이 퍼뜩 들었다.

이닝 이터 역할을 해내야 한다는 양동주의 심리를 간파했기에 공격적인 피칭을 할 거라 예상했고, 그래서 타자들에게 적극적인 배팅을 주문했던 것이었다.

용덕수가 내렸던 판단이 옳았다고 생각한 태식이 고개를 끄덕일 때, 용덕수가 말을 이어나갔다.

"아, 하나 더요."

"또 무슨 얘길 했지?"

"석 점을 내준 것은 잊어버리라고 했어요."

용덕수가 웃으며 덧붙였다.

"우리 타자들을 한번 믿어보라고 했어요."

"잘했다."

용덕수가 적당한 타이밍에 마운드에 올라가서 흔들리던 양동주를 진정시킨 것은 칭찬을 받아 마땅한 플레이였다.

태식도 경기가 시작되자마자 난타당하며 크게 흔들리는 양동주를 보며 불안감을 감추지 못했다.

팀의 수장인 이철승 감독도 마찬가지였으리라.

그렇지만 마땅한 해법을 찾지 못해 답답해하고 있었는데.

의외의 곳에서 해법이 도출됐다.

아직 경험이 많지 않은 어린 선수.

팀 내 사정상 주전 포수를 맡고 있지만, 팀에 안정감을 주는 진짜 포수가 되려면 시간과 경험이 더 필요하다.

이것이 용덕수에 대한 세간의 평가였다.

태식도 엇비슷한 생각을 가지고 있었다.

그래서 딱 자신의 역할만 해주길 기대하고 있었는데, 용덕수는 어느덧 진짜 포수로 성장해 가고 있었다.

해서 태식이 용덕수에게 새삼스러운 시선을 던지고 있을 때였다.

따악!

8구까지 이어진 긴 승부 끝에 심원 패롯스의 리드오프인 이종도는 투구 곁을 스치고 지나가는 중전 안타를 만들어냈다.

"기회는 만들었다!"

이안 라이트를 상대로 출루에 성공한 이종도를 보며 태식이 박수를 쳤다.

"석 점을 내준 것은 잊어버리라고 했어요. 우리 타자들을 한번 믿어보라고 했어요."

아까 용덕수가 양동주에게 건넸던 말이었다.

이 말이 틀리지 않았다는 것을 증명하기 위해서, 또 양동주의 어깨를 조금 더 가볍게 만들어주기 위해서는 추격하는 점수가 필요했다.

딱!

2번 타자 임현일은 1, 2루 간으로 향하는 진루타를 쳐냈다.

1사 2루 상황에서 타석에 들어선 3번 타자 최순규는 아쉽게 헛스윙 삼진으로 물러났지만, 4번 타자 이명기는 이안 라이트를 상대로 풀카운트 승부 끝에 볼넷을 얻어내서 비어 있던 1루를 채웠다.

2사 1, 2루의 찬스에서 태식이 타석으로 들어섰다.

'나와 승부한다!'

태식의 뒤에는 김대희가 버티고 있었다.

김대희가 최근 5경기에서 타율이 5할에 육박할 정도로 불방망이를 휘두르고 있다는 사실을 모를 리 없는 마경 스왈로우스의 배터리는 태식과 승부를 할 가능성이 높았다.

슈아악!

이안 라이트가 초구로 던진 공은 커브였다.

직구를 노리고 있었던 태식은 배트를 내밀어보지 못하고 바라보기만 했다.

"스트라이크!"

슈아악!

2구째로 들어온 공은 싱커!

바깥쪽 코스로 들어온 싱커가 스트라이크존을 벗어났다고 태식은 판단했는데, 주심의 생각은 달랐다.

"스트라이크!"

주심이 바깥쪽 낮은 코스로 들어온 싱커를 스트라이크로 선언한 순간, 태식이 살짝 불만을 드러냈다.

이철승 감독도 주심의 볼 판정에 불만을 드러냈지만, 항의를 하기 위해서 더그아웃을 박차고 나오지는 않았다.

노 볼 투 스트라이크.

타자에게 압도적으로 불리한 볼카운트에 몰린 태식이 더욱 집중하기 위해 애썼다.

'유인구!'

분명히 유인구가 들어올 타이밍이었다. 그렇지만 이안 라이트의 선택은 유인구가 아니었다.

슈아악!

몸 쪽 꽉 찬 코스로 날아드는 직구를 확인한 태식이 급히 배트를 휘둘렀다.

딱!

타이밍이 한참 늦어서 빗맞은 타구는 3루 선상을 벗어나는 파울이 됐다.

'위험했어!'

예상을 빗나간 마경 스왈로우스 배터리의 빠르고 과감한 승부에 당황했던 태식이 안도의 한숨을 내쉬었다.

만약 이안 라이트의 손에서 공이 떠난 순간, 실밥의 회전을 통해서 직구라는 사실을 확인하지 못했다면?

속절없이 삼진을 당할 뻔했을 정도로 위험한 순간이었다.

'커트!'

노리고 있는 공이 들어올 때까지 마냥 기다릴 수는 없는 상황.

태식이 타석에서 집중력을 유지하기 위해 애쓰면서 이안 라이트를 노려보았다.

슈아악!

4구째로 이안 라이트가 선택한 공은 슬라이더였다. 마지막 순간 타자의 몸 쪽으로 휘어지는 슬라이더의 각은 무척 예리했다. 또, 무척 빨랐다.

직구와 구속 차이가 거의 나지 않는 고속 슬라이더.

이안 라이트가 선택한 회심의 승부구였다.

커트를 해내기 위해서 배트를 내밀던 태식이 늦었다고 판단하고 도중에 가까스로 멈추었다.

그런 태식이 주심을 곁눈질로 살폈다.

몸 쪽 꽉 찬 코스로 파고든 고속 슬라이더는 스트라이크를 선언한다고 해도 할 말이 없을 정도였다.

그래서일까.

주심도 움찔하며 팔을 들어 올렸지만, 도중에 슬그머니 팔을 내리면서 이안 라이트의 강렬한 시선을 외면했다.

"볼!"

주심이 스트라이크를 선언하지 않자, 이안 라이트는 노골적으로 불만을 드러냈다. 반면 태식은 안도의 한숨을 크게 내쉬었다.

'몸 쪽 공은 잡아주지 않아!'

4구까지 이어진 승부 끝에 태식은 주심의 성향을 파악하는 데 성공했다.

바깥쪽 코스의 공에는 비교적 후한 편이었지만, 몸 쪽 코스의 공에는 무척 인색했다. 그리고 이 사실을 마경 스왈로우스의 배터리도 파악하지 못했을 리 없었다.

'바깥쪽 승부! 구종은?'

슈아악!

이안 라이트가 5구째로 던진 공은 바깥쪽 싱커였다. 직구를 예상했던 태식은 도중에 배트 스피드를 의도적으로 늦추면서 배트 중심에 맞추는 데 집중했다.

따악!

힘 들이지 않고 결대로 밀어 때린 타구가 3루수의 키를 살짝 넘기고 라인선상을 타고 흘렀다.

2사 후였기에 일찌감치 스타트를 끊은 2루 주자 이종도와 1루 주자 이명기가 홈으로 들어왔다.

2타점 적시 2루타!

'됐다!'

2루 베이스 위에 올라선 태식이 주먹을 불끈 움켜쥐었다. 그리고 아직 끝이 아니었다.

따악!

최근 절정의 타격감을 이어가고 있는 김대희가 깔끔한 좌전 안타를 터뜨렸고, 태식이 홈으로 들어오며 경기의 균형추가 맞추어졌다.

9. 총력전

3 : 3.

1회에 각각 석 점씩을 뽑아내면서 타격전이 될 것 같았던 경기는 예상과 달리 투수전으로 흘러갔다.

안정을 되찾은 양동주는 더 이상 실점하지 않고 5회까지 막아냈고, 이안 라이트도 마찬가지였다.

그리고 6회 초.

양동주가 다시 위기에 몰렸다.

따악!

위기의 시작은 6회 초의 선두 타자인 마경 스왈로우스의 9번 타자 조양수에게 양동주가 2루타를 허용한 것이었다.

2할대 초반의 타율.

공격보다는 수비력이 좋아서 주전 자리를 꿰차고 있는 조양수를 너무 쉽게 생각하고 빠르게 승부를 걸었던 것이 패착이었다.

"너무 서둘렀어!"

5이닝 3실점.

퀄리티 스타트를 눈앞에 두고 있는 양동주는 이미 이철승 감독과 팀원들의 기대에 어느 정도 부응한 셈이었다.

그렇지만 양동주는 어려운 상황에 처한 팀을 위해서 조금 더 마운드에서 버텨주고 싶어 했고, 그로 인해 하위 타선인 조양수와 승부를 빠르게 가져가다가 실투가 나오면서 장타를 허용한 것이었다.

"이번 이닝까지만 책임지면 좋을 텐데."

태식이 상위 타순과 상대하게 될 양동주의 모습을 유심히 살폈다.

"주자 교체!"

강상문 감독은 지금이 승부처라고 판단한 듯 발 빠른 대주자 이익준을 기용했다.

단타 하나만 허용해도 2루로 들어간 대주자 이익준이 홈으로 들어와 실점을 허용할 수 있는 상황.

경기가 후반부로 접어드는 시점에서 1점은 컸다. 그 사실을 잘 알고 있는 양동주는 1번 타자인 임훈과 신중하게 승부했다.

강상문 감독의 희생번트 지시를 받은 임훈이 번트를 시도하려고 했지만, 양동주는 번트를 쉽게 대주지 않기 위해서 유인구 위주의 투구를 했다.

틱!

"파울!"

임훈이 시도했던 두 번째 번트 역시 파울이 되면서 볼카운트는 투 볼 투 스트라이크로 바뀌었다.

만약 또다시 번트를 시도했다가 파울이 나오면 아웃 카운트가 올라가는 상황.

임훈은 쓰리번트를 시도하지 않고 강공으로 전환했다.

"볼!"

"볼!"

결과적으로 임훈의 두 차례 번트 실패는 전화위복이 됐다.

볼카운트가 유리한 상황에서 양동주는 잇따라 유인구를 던졌지만, 임훈의 방망이를 끌어내지 못하고 결국 볼넷을 허용했다.

무사 1, 2루.

강상문 감독은 2번 타자 이민성에게 다시 희생번트를 지시했다.

틱!

이민성은 초구부터 번트를 댔다. 그리고 이민성이 댄 번트는 코스와 강약 조절이 완벽에 가까웠다.

"1루! 1루로!"

양동주가 공을 잡자마자 3루로 던지려고 했지만, 용덕수가 필사적으로 소리치며 손짓해서 만류했다.

이민성의 희생번트 성공으로 1사 2, 3루로 바뀐 순간, 이철승 감독은 정현준을 고의 사구로 거르라는 지시를 내렸다.

만루 작전을 펼쳐서 병살 플레이를 유도해 내서 실점하지 않겠다는 의도가 깔린 이철승 감독의 승부수였다. 그리고 이철승 감독이 이런 승부수를 던진 이유 중 하나는 다음에 타석에 들어설 것이 최원우였기 때문이다.

홈 팬들에게조차도 공갈포란 비아냥을 듣고 있는 최원우의 득점권 타율이 낮다는 것을 의식해서 내린 지시.

1사 만루의 찬스에서 타석에 들어선 최원우의 표정은 비장했다.

정현준을 고의 사구로 내보내고 자신을 상대하는 선택으로 인해 자존심이 구겨졌기 때문이다.

슈아악!

원 볼 투 스트라이크 상황에서 양동주가 선택한 공은 몸 쪽 싱커였다.

'됐다!'

완벽하게 제구가 된 싱커는 홈 플레이트 앞에서 뚝 떨어졌다. 배트의 손목 부근에 맞은 타구가 멀리 뻗지 못할 것이라고 태식은 판단했다.

'내야플라이!'

배트에 맞는 순간, 태식은 내야를 벗어나지 못하는 플라이가 될 것이라고 확신했다. 그러나 최원우는 역시 힘이 장사였다.

이를 악물고 끝까지 팔로 스윙을 가져간 탓에 최원우가 때린 타구는 태식의 예상보다 더 멀리 날아갔다.

2루수와 태식이 동시에 낙구 지점을 향해 달려갔지만, 애매한 지점에 뚝 떨어졌다. 그사이, 3루 주자가 홈으로 들어오면서 마경 스왈로우스는 추가점을 올리는 데 성공했다.

'썩어도 준치인 건가?'

팬들의 비난에도 불구하고 최원우는 꾸준히 경기에 출전했다. 그리고 정규 시즌 후반기에 접어든 후, 서서히 해결사 능력을 끌어 올렸다.

한때 1할대까지 추락했던 득점권 타율은 후반기의 활약 덕분에 2할대 초중반으로 올라온 것이었다. 그리고 최원우는 오늘 경기에서 4번 타자다운 활약을 선보였다.

1회 초에 터뜨린 2타점 적시 2루타에 이어, 6회 초에 터뜨린 1타점 적시타까지.

최원우는 3타점을 쓸어 담으며 해결사 노릇을 톡톡히 해냈다.

'더 실점하면… 어렵다!'

태식은 지금이 투수 교체 타이밍이라고 판단했다. 그리고 이철승 감독의 생각도 마찬가지인 듯했다.

'다시 마운드에 설 기회가 찾아오는 건가?'

태식이 마음의 준비를 어느 정도 마쳤을 때였다.

마운드 위로 천천히 걸어 올라온 이철승 감독이 내린 결정은 태식의 예상과 달랐다.

"김… 혁?"

양동주의 강판을 결정한 이철승 감독이 마운드에 올린 것이 자신이 아닌 김혁이라는 사실을 알아챈 태식이 의아한 표정을 지었다.

심원 패롯스의 정규 시즌 최종전인 한성 비글스와의 대결.

태식은 김혁이 내일 열릴 한성 비글스와의 경기에 선발투수로 출전할 것이라고 예상했다. 아니, 태식만이 아니라 다른 팀원들, 그리고 전문가들도 똑같이 예상했다. 그런데 이철승 감독의 선택은 모두의 예상을 빗나가게 만들었다.

'날… 믿지 못하시는 건가?'

김혁이 마운드에 올라와 있는 것을 확인한 태식의 머릿속을 퍼뜩 스치고 지나간 생각이었다.

여울 데블스와의 경기 막바지에 깜짝 등판해서 태식은 세이브를 올렸다.

야구팬들은 물론이고 선수들과 전문가들에게도 충격이었을 정도로 강렬한 인상을 남긴 투구였지만, 이철승 감독은 위기 상황에서 태식이 아닌 김혁을 마운드에 올리는 결정을 내렸다. 그리고 이철승 감독이 이런 결정을 내린 이유가 자신을 온전히 믿지 못하기 때문이라는 생각이 들었다.

어쨌든.

'다음 경기는?'

지금 김혁을 마운드에 올린 것은 정규 시즌 최종전인 내일 경기에 김혁을 선발투수로 내세우지 않겠다는 뜻이었다.

김혁을 배제한다면 대체 누굴 선발투수로 내보낼지 전혀 감이 오지 않았다. 그리고 이것이 다른 심원 패롯스 선수들 역시 마운드에 올라와 있는 김혁을 확인하고 나서 당황한 이유였다.

'일단은… 집중하자!'

이철승 감독이 김혁을 마운드에 올리는 결정을 내린 것에는 어떤 이유가 있을 터였다. 그리고 태식이 선수로서 지금 할 수 있는 것은 최대한 경기에 집중하는 것이었다.

여전히 1사 만루의 위기가 이어지는 상황.

양동주의 뒤를 이어 마운드에 오른 김혁의 첫 상대는 5번 타자 짐 맥그리거였다.

슈아악!

따악!

짐 맥그리거는 바뀐 투수의 초구를 노렸다. 김혁이 초구로 던진 바깥쪽 직구를 제대로 당겨 쳤다.

'적시타?'

배트 중심에 걸린 타구가 총알처럼 날아가는 것을 확인한 태식의 가슴이 철렁 내려앉은 순간이었다.

김대희가 반사적으로 몸을 날리며 글러브를 쭉 내밀었다.

'들어갔다!'

김대희가 라인 드라이브로 타구를 잡아냈다고 판단한 주자들의 움직임이 일제히 얼어붙었을 때였다.

쿵! 데구르르.

바닥에 떨어진 김대희의 글러브에서 빠져나온 공이 바닥을

총력전 147

굴렀다. 뒤늦게 바닥에 떨어진 공을 발견한 마경 스왈로우스의 주자들이 일제히 뛰기 시작했다.

타다닷!

타다다닷!

지축을 흔드는 맹렬한 발소리가 귓가를 헤집어놓았을 터였지만, 김대희는 당황하지 않고 침착하게 후속 동작을 이어나갔다.

앞에 떨어진 공을 맨손으로 잡아 3루 베이스를 터치한 후, 1루 쪽은 쳐다보지도 않고 홈으로 송구했다.

정확히 전달된 송구를 건네받은 용덕수가 주자의 태그에 성공하면서 병살 플레이가 완성됐다.

'호수비!'

3루수 김대희의 기가 막힌 호수비가 만들어낸 병살 플레이였다. 그렇지만 강상문 감독은 비디오 판독을 요청했다.

강상문 감독은 김대희가 병살 플레이를 유도하기 위해서 노바운드로 잡아냈던 공을 일부터 떨어뜨렸다고 판단했기 때문이다.

그러나 심판진은 강상문 감독의 항의를 받아들이지 않았다.

심판진은 비디오 판독을 마친 후 정상적인 플레이로 판단했다.

비디오 판독 결과, 타구는 김대희의 글러브 속으로 빨려 들어가지 않았다.

얼핏 보기에는 타구가 글러브 속에 들어갔다가 나온 것처럼 보였지만, 실제로는 글러브를 쭉 내밀어서 막아냈을 뿐이었다.

글러브를 펼쳐서 타구를 잡아낼 엄두조차 낼 수 없었을 정도로 배트 중심에 잘 맞은 빠른 타구.

김대희는 강하고 빠른 타구를 확인하자마자, 타구를 잡는 것이 아니라 막아내겠다고 판단했다.

'만약 글러브를 펼쳐서 잡아내려고 했다면?'

글러브 끝을 맞고 타구는 크게 튀어나갔을 것이었고, 그때는 내야안타가 됐을 확률이 높았다.

그것을 예측한 김대희는 글러브를 쭉 내밀어 타구를 막아내서 앞에 떨어뜨리는 것을 목표로 잡았다.

결국 그 순간적인 판단이 병살 플레이를 만들어낸 것이었다.

어쨌든.

양동주의 뒤를 이어 마운드에 오른 김혁이 급한 불을 끄면서 이철승 감독의 투수 교체는 성공을 거두었다.

3 : 4.

심원 패롯스가 한 점 뒤진 채로 경기는 6회 말에 접어들었다.

6회 말, 심원 패롯스의 공격.

이안 라이트는 첫 타자인 최순규를 내야 땅볼로 잡아내며 좋은 스타트를 끊었다. 그렇지만 1사 후에 이명기에게 강습 안타를 허용했다.

이명기가 때린 타구는 3루 쪽으로 향했고, 3루수가 몸을 날리며 글러브를 쭉 뻗었지만 타구를 잡아내기에는 조금 모자랐다.

툭! 데구르르.

글러브 끝을 맞고 타구는 크게 퉁겼고, 3루수가 벌떡 일어나서 공을 잡자마자 2루로 뿌렸지만 전력 질주 끝에 슬라이딩을 한 이명기의 발이 베이스에 닿은 것이 태그보다 조금 빨랐다.

1사 2루.

득점 찬스에서 타석에 들어선 태식이 이안 라이트가 4구째로 던진 바깥쪽 직구를 공략했다.

따악!

배트 중심에 잘 맞은 타구는 우중간으로 향했다.

'갈랐다!'

타구의 속도도 빠른데다가 코스도 좋았다. 그래서 우중간을 가르는 적시 2루타가 될 것이라 기대했는데.

타다다닷!

발 빠른 중견수 이을영이 열심히 쫓아가서 몸을 날렸다. 그리고 쭉 뻗은 글러브 속으로 타구가 빨려 들어갔다.

막 1루 베이스를 돌았던 태식이 아쉬운 기색으로 멈춰섰다.

동점 적시타가 될 수도 있었던 타구가 이을영의 호수비에 가로막혔다.

'필사적이네!'

태식이 속으로 혀를 내둘렀다.

오늘 경기에 필사적으로 임하고 있는 것은 심원 패롯스 선수들만이 아니었다. 오늘 펼치는 맞대결에서 승리를 거두어 가을 야구 진출을 확정하고 싶어 하는 마경 스왈로우스 선수들도 필사적인 것은 마찬가지였다.

애써 아쉬움을 누르며 더그아웃으로 돌아온 태식이 후속 타자인 김대희와 이안 라이트의 대결을 바라보았다.

"적시타 때려내라!"

태식의 이야기를 듣기라도 한 걸까.

김대희는 이안 라이트의 3구째 싱커를 걷어 올려서 유격수 키를 넘기는 좌전 안타를 만들어냈다.

4 : 4.

김대희의 적시타가 터지면서 경기가 다시 균형을 이룬 순간, 강상문 감독이 더그아웃을 박차고 마운드로 걸어 올라왔다.

이명기와 김대희에게 안타를 허용했고, 비록 이을영의 호수비에 막혀서 아웃이 되긴 했지만 태식이 때렸던 타구도 2루타가 될 뻔했던 정타였다.

정타가 계속 나온다는 것이 강상문 감독이 이안 라이트의 강판을 결심하게 만든 원인이었다.

'누가 올라올까?'

필승조를 올리기에는 조금 이른 시점이었다. 그리고 심원 패롯스에 비해 형편이 조금 낫기는 하지만, 마경 스왈로우스의 필승조 역시 강상문 감독에게 확실한 믿음을 주지 못하고 있는 실정이었다.

그래서 유심히 살피던 태식이 두 눈을 치켜떴다.

"안주열?"

아까 이철승 감독처럼 강상문 감독도 태식의 예상을 벗어나는 결단을 내렸다.

트레이드를 통해 마경 스왈로우스로 적을 옮긴 후, 줄곧 선발투수로 경기에 나섰던 안주열이 처음으로 불펜에서 대기하다 마운드로 올라왔다.

'총력전!'

마운드로 걸어 올라오고 있는 안주열의 모습을 확인한 태식이 떠올린 단어였다.

야구는 모른다.

마경 스왈로우스의 가을 야구 진출 확률이 9할 이상이라고 하더라도, 아직 확정이 된 것은 아니다.

만약 마경 스왈로우스가 오늘 경기에 이어 내일 경기까지 패하고, 심원 패롯스가 내일 경기를 잡아낸다면 모두의 예상을 깨고 가을 야구에 진출하는 것은 심원 패롯스가 된다.

강상문 감독은 최악의 상황까지 가정하고 있었다.

해서 내일 경기의 승패에 상관없이 오늘 경기에서 가을 야구 진출을 확정 짓고 싶어 했고, 이것이 이안 라이트의 뒤를 이어 안주열을 마운드에 올린 이유였다.

'달라!'

얼핏 살피기에는 두 감독의 선택에 비슷한 측면이 있었다.

선발투수로 나서고 있던 선수들을 불펜 요원으로 올렸으니까.

그렇지만 차이는 분명히 존재했다.

바로 내일 경기에 대한 준비였다.

심원 패롯스의 경우 내일 경기의 선발투수로 예정됐던 김혁을 불펜 투수로 올리는 초강수를 둔 셈이었다.

반면 마경 스왈로우스의 강상문 감독이 올린 안주열은 내일 경기의 선발투수로 출전이 예정되어 있었던 선수가 아니었다.

강상문 감독은 마경 스왈로우스의 정규 시즌 최종전이 될 내일 경기의 선발투수로 팀의 에이스인 닐슨 카메론을 대기시켜 둔 상태였다.

'내일 경기는 어떻게 하실 생각일까?'

김혁이 불펜 투수로 나선 것을 확인한 순간부터 태식의 머릿속을 줄곧 떠나지 않는 생각이었다.

물론 오늘 패하면 내일 경기에서 승리를 거둔다고 해도 아무런 의미가 없었다. 그렇지만 설령 오늘 경기에서 힘겹게 승리를 거둔다고 하더라도, 내일 열릴 시즌 최종전이 걱정이 되는 것은 어쩔 수 없었다.

당장 내일 경기에 나설 수 있는 선발투수조차 마땅치 않았기 때문이다.

태식이 슬쩍 고개를 돌려 이철승 감독을 살폈다.

이런 상황을 모를 리 없는 이철승 감독이었다. 그렇지만 태식이 살핀 이철승 감독의 표정은 담담했다.

'어떤 복안을 갖고 계신 걸까?'

태식이 답답한 한숨을 내쉬었을 때였다.

"스트라이크아웃!"

안주열이 용덕수를 삼구 삼진으로 돌려세우며 심원 패롯스의 6회 말 공격은 끝이 났다.

10. 심리전이 통했다

8회 초.

김혁은 첫 타자인 조양수에게서 헛스윙을 이끌어내는 데 성공했다.

"스트라이크아웃!"

원 볼 투 스트라이크 상황에서 김혁이 던진 유인구는 훌륭했다.

신중한 표정으로 다음 타자와의 승부를 준비하는 김혁의 모습을 살피던 태식의 표정에 떠올라 있던 불안감이 사라졌다.

"확실히 달라!"

선발투수로 나섰을 때와 불펜 투수로 나섰을 때, 김혁이 보이고 있는 투구 내용은 분명히 달랐다.

선발투수로 마운드에 올랐을 때의 김혁은 경기의 중압감을 이겨내지 못하고 경기 초중반에 와르르 무너지는 경우가 잦았다. 그렇지만 불펜 투수로 마운드에 오른 김혁은 한결 여유가 있었다.

"몸에 맞는 옷을 입었어!"

김혁의 투구가 달라진 이유를 태식은 짐작할 수 있었다.

비록 톰 하디와 이연수가 전력에서 이탈한 팀 내 사정 때문에 몇 차례 선발투수로 등판하긴 했지만, 김혁은 주로 불펜 투수로 경기에 출전했다. 그리고 김혁이 맡았던 보직은 팀이 뒤지는 경우에 등판하는 추격조였다.

즉, 승패에 큰 부담이 없는 경우에 등판했을 때, 좋은 투구를 선보였던 셈이었다. 그리고 오늘 경기에서 양동주에 이어서 김혁이 등판했을 때, 심원 패롯스는 마경 스왈로우스에 뒤지고 있었다.

"이거였어!"

이철승 감독이 태식이 아닌 김혁을 마운드에 올리는 깜짝 결정을 내렸던 이유가 비로소 이해가 갔다. 그리고 김혁은 이철승 감독의 기대에 부응했다.

6회 초 1사 만루의 위기 상황에서 등판해, 병살 플레이로 이어졌던 내야 땅볼을 유도해 내서 실점을 허용하지 않았다. 또, 그 후에도 네 타자를 모두 범타 처리하면서 마운드에서 안정적인 모습을 선보였다.

따악!

그렇지만 김혁은 마경 스왈로우스의 리드오프인 임훈의 벽을 넘지 못하고 첫 안타를 허용했다.

임훈에게 중견수 앞에 떨어지는 깔끔한 중전 안타를 얻어맞은 김혁이 모자를 벗어 땀을 닦는 모습이 보였다.

겨우 안타 하나를 허용했을 뿐이었다.

그것도 장타가 아닌 단타였다.

그렇지만 김혁이 임훈에게 첫 안타를 허용한 순간, 태식의 마음속에 다시 불안감이 깃들기 시작했다.

'상황이 또 달라졌어!'

김혁이 양동주에 이어 마운드에 올랐을 때와 지금의 상황은 또 달랐다.

처음 김혁이 마운드에 올라왔을 때는 스코어가 뒤지고 있었지만, 지금은 스코어가 동점으로 바뀌어 있었다.

'여기서 더 실점해서는 안 된다!'

이런 생각이 김혁의 머릿속을 가득 채우고 있는 터라 아까에 비해 투구 시에 몸에 힘이 들어가 있었다. 그리고 7회 초에는 마경 스왈로우스의 하위 타순을 상대했지만, 8회 초에 접어든 후에는 상위 타순을 상대하고 있었다.

'고비를 넘길 수 있을까?'

김혁에게 불안한 시선을 던지던 태식의 눈에 감독석에서 일어서는 이철승 감독의 모습이 들어왔다.

이철승 감독도 위기를 느낀 걸까.

심각한 표정으로 김혁을 바라보던 이철승 감독이 고개를 돌려서 태식과 시선을 맞추었다.

끄덕!

투수 교체 타이밍이 다가왔다고 판단한 이철승 감독이 태식에게 작게 고개를 끄덕여 신호를 보냈다.

곧 마운드에 오를 테니 마음의 준비를 하라는 의미였다.

끄덕.

태식도 고개를 끄덕였을 때, 김혁이 2번 타자 이민성과 승부를 시작했다.

슈아악!

김혁이 이민성에게 초구를 던진 순간이었다.

타다다닷.

1루 주자였던 임훈이 스타트를 끊었다.

미트에 들어와 있는 공을 빼 낸 용덕수가 재빨리 2루로 송구했지만, 헤드 퍼스트 슬라이딩을 시도한 임훈의 손이 베이스에 닿은 것이 송구를 받은 2루수의 태그보다 조금 빨랐다.

"세이프!"

2루심이 세이프를 선언한 순간, 태식이 적잖이 당황했다.

'너무 과감한 작전이 아닌가?'

임훈의 발이 빠른 것은 사실이었다.

올 시즌 리그 5위에 올라 있는 도루 성공 개수가 그의 빠른 발과 도루 능력을 증명하고 있었다.

그렇지만 지금은 동점으로 경기가 후반부에 접어들어 있는 상황이었다.

만약 1루 주자인 임훈이 도루를 시도했다가 횡사했다면 어렵게 얻어온 찬스가 무산되는 것이었다.

그것만이 아니었다.

득점 찬스가 중심 타선으로 이어지는 것이 무산되면서, 좋았던 분위기를 넘겨줄 수도 있었다.

분명히 위험 요소가 많은 상황.

그럼에도 불구하고 강상문 감독은 임훈에게 도루 작전을 지시했다.

'왜?'

그 이유를 고민하던 태식이 두 눈을 빛냈다.

강만문 감독의 표정을 확인하기 위해서 마경 스왈로우스의 더그아웃 쪽으로 고개를 돌린 순간, 태식은 그와 시선이 마주쳤다.

우연이 아니었다.

강상문 감독은 태식에게서 시선을 떼지 않고 계속 주시하고 있었다.

'왜 저렇게 보시는 거지?'

연유를 알지 못해 의아한 표정을 짓던 태식의 머릿속으로 하나의 생각이 퍼뜩 스치고 지나갔다.

'내가 언제 마운드에 올라갈지 여부에 촉각을 곤두세우고 있어!'

지금 상황에서 강상문 감독이 태식에게 신경을 쓸 이유는 그것 외에는 없었다. 그리고 거기까지 생각이 미친 순간, 태식이 갖고 있던 의문이 풀렸다.

'조급해!'

아까 임훈에게 도루를 지시했던 강상문 감독의 선택.

지나치게 과감하다고 느껴질 정도였는데.

거기에는 이유가 있었다.

'봤을 거야!'

감독석에서 일어난 이철승 감독과 태식이 시선을 교환하며 서로 고개를 끄덕이는 것을 강상문 감독은 보았을 것이었다.

그 광경을 목격하고 곧 태식이 마운드에 오를 것임을 눈치챈 강상문 감독의 마음은 조급해졌다.

"한물간 투수가 150㎞에 육박하는 직구를 자유자재로 구사해? 그리고 공만 빠른 게 아니던데. 제구도 아주 좋았어. 그런데 더 무서운 게 뭔지 알아? 네가 보여준 게 별로 없다는 거야."

경기 시작 전, 태식과 대화를 나누던 강상문 감독이 꺼냈던 말이었다.

미지의 생명체.

강상문 감독이 투수 김태식을 바라보는 시선이었다.

제대로 알려진 것이 전혀 없는, 그래서 분석은커녕 제대로 된 예측조차 불가능한 태식의 투구에 대해서 강상문 감독은 내심 두려움을 갖고 있었다.

원래 강한 상대보다 더 무서운 것은 아무것도 알려진 것이 없는 변수투성이의 상대인 법이었으니까.

'김태식이 마운드에 올라온 후에는 득점을 올리기 어렵다!

아마 이런 생각을 갖고 있을 터.

그래서 강상문 감독은 그 전에 추가점을 올리고 싶어 했다. 그리고 추가 득점을 올리기 위해서 임훈에게 과감한 2루 도루를 지시했던 것이고.

'지금이 내가 마운드에 올라갈 적기가 아닐까?'

태식이 이철승 감독을 바라보았다. 그렇지만 이철승 감독은 투수를 교체하는 결단을 바로 내리지 않고 미뤘다.

그사이, 김혁과 이민성의 대결은 이어졌다.

임훈의 빠른 발을 감안하면 단타 하나만 허용해도 실점을 내 줄 수 있는 위기 상황이었다. 그리고 경기 후반부의 1점은 컸다.

만약 여기서 실점하면 오늘 경기는 어렵다. 그리고 심원 패롯스가 가을 야구에 진출할 수 있는 희망의 불씨도 꺼진다.

이 사실을 잘 인지하고 있는 김혁은 타자와의 승부에 신중하게 임했다. 잇따라 유인구를 던졌지만 이민성의 방망이를 끌어내는 데는 실패했다.

투 볼 원 스트라이크.

이제 승부를 걸어야 할 시점.

슈아악!

김혁의 손에서 떠난 공은 홈 플레이트 앞에서 뚝 떨어지는 포크볼이었다. 예상보다 일찍 떨어진 포크볼은 홈 플레이트 근처에서 바운드를 일으켰다.

화들짝 놀란 용덕수가 필사적으로 블로킹을 시도했을 때였다.

타다다닷!

2루 주자인 임훈이 스타트를 끊었다.

가슴으로 블로킹을 해내는 데 성공한 용덕수가 앞에 떨어뜨린 공을 잡자마자 3루로 던졌다. 그러나 송구가 3루수인 김대희에게 도착한 것보다 임훈의 발이 3루 베이스에 닿은 것이 조금 더 빨랐다.

'도루 시도!'

그 일련의 과정을 지켜보던 태식이 두 눈을 빛냈다.

몸을 앞으로 숙이면서 가슴으로 막아내며 멀지 않은 곳에 공을 떨어뜨린 용덕수의 블로킹은 딱히 흠을 찾을 곳이 없을 정도로 훌륭했다.

그리고 송구 동작도 간결했다.

그럼에도 불구하고 3루에서 임훈을 잡아내지 못한 이유는 스타트가 무척 빨랐기 때문이다.

원 바운드로 들어온 김혁의 공을 확인하고 스타트를 끊은 것이 아니라, 강상문 감독의 도루 지시를 받고 미리 스타트를 끊은 것이었다.

1사 2루와 1사 3루.

차이는 아주 컸다.

1사 2루의 경우에는 득점을 올리기 위해서 안타가 필요했다.

그렇지만 1사 3루의 경우에는 득점을 올리는 데 굳이 안타가 필요하지 않았다.

큼직한 외야플라이만 나와도 득점이 가능했다.

또, 주자가 3루에 있는 경우에는 득점을 올리기 위해서 스퀴즈를 비롯한 여러 가지 작전을 펼치기에 용이했다.

'차라리 거르는 게 낫지 않을까?'

경기 상황을 주시하던 태식이 두 눈을 빛냈다.

한 점 싸움으로 접어든 시점.

또, 1루가 비어 있는 상황이었다.

병살을 유도하기 위해서 1루를 채우는 것이 낫다고 태식이 판단했지만, 김혁의 선택은 달랐다.

슈아악!

김혁의 손을 떠난 공은 몸 쪽 높은 코스의 직구였고, 이민성은 지체 없이 힘차게 배트를 돌렸다.

딱!

배트 윗부분에 맞은 타구는 높이 솟구쳤지만, 멀리 뻗지는 못했다.

낙구 지점을 파악한 태식이 원래 수비 위치에서 앞으로 세 걸음 정도 움직였다.

'얕다!'

태그업을 시도하기에는 타구가 조금 얕다고 태식이 판단했다. 게다가 태식은 우익수로 경기에 나선 이후, 여러 차례 정확하고 강한 송구로 보살을 성공시켰다.

그 사실을 임훈이 모를 리 없었다. 그래서 3루 주자인 임훈이 태그업을 하지 않을 거라 예상했는데.

타다다닷!

태식의 예상은 빗나갔다.

높게 떠올랐던 타구를 태식이 잡아낸 순간, 3루 주자인 임훈은 망설이지 않고 태그업을 시도했다.

쐐애액!

태식이 지체 없이 홈으로 송구했다.

2루에 이어 3루까지 잇따라 여유 있게 훔쳤을 정도로 임훈은 발이 빨랐다. 그렇지만 사람이 공보다 더 빠를 수는 없는 법이었다.

용덕수가 앞으로 내밀고 있던 미트 속으로 태식의 송구가 정확히 빨려 들어갔다. 그리고 용덕수는 여유 있게 태그를 해 홈으로 쇄도하던 3루 주자 임훈을 잡아냈다.

비디오 판독을 요구할 여지도 없을 정도로 완벽한 아웃 타이밍이었다.

"아웃!"

주심이 단호하게 아웃을 선언한 순간, 태식이 마경 스왈로우스의 더그아웃으로 고개를 돌렸다.

추가 득점을 올릴 수 있는 절호의 찬스가 날아가 버린 탓에 강상문 감독은 아쉬운 기색을 감추지 못했다.

"너무 서둘렀습니다."

강상문 감독의 표정을 확인한 태식이 희미한 웃음을 머금었다.

'심리전이 통한 셈이야!'

경기 전에 나누었던 대화.

태식이 언제든지 마운드에 오를 수 있다는 자신감을 피력한 탓에, 강상문 감독의 마음을 조급해졌다.

그 조급함으로 인해 강상문 감독은 추가 득점을 올릴 수 있는 절호의 찬스를 허공에 날려 버린 것이었다.

'위기 뒤의 기회!'

8회 말, 태식이 선두 타자로 타석에 들어섰다.

11. 직감

슈아악!

안주열의 손에서 공이 떠난 순간, 태식이 배트를 움켜쥔 손에 힘을 더했다.

'커브다!'

따악!

태식이 힘차게 돌린 배트의 중심에 제대로 걸린 타구가 낮은 포물선을 그리며 멀리 뻗어나갔다.

'넘어가라!'

1루 베이스 근처에 도달한 태식이 타구의 궤적을 눈으로 좇으면서 간절히 바랐다. 그러나 아쉽게도 그 바람은 이루어지지 않았다.

탁!

타구는 펜스 상단을 맞고 튕겨 나왔다.

미리 펜스 플레이를 준비하고 있던 우익수가 튕겨 나온 타구를 잡아낸 것을 확인한 태식이 3루까지 내달리기에는 무리라고 판단하고 2루에서 멈추었다.

무사 2루.

8회 말, 선두 타자로 타석에 나섰던 태식이 펜스를 직격하는 2루타를 터뜨리면서 심원 패롯스가 역전을 만들 수 있는 절호의 찬스가 만들어졌다.

그렇지만 2루 베이스 위에 올라선 태식의 표정은 밝지 않았다.

오히려 아쉬운 기색을 감추지 못했다.

'넘길 수 있었는데!'

방금 전 타구가 간발의 차이로 홈런이 되지 못하고 펜스 상단을 직격하고 튕겨 나온 것이 아쉬웠다.

'만약 타구가 1미터만 더 멀리 뻗었다면?'

펜스를 직격하지 않고, 펜스를 살짝 넘기고 떨어질 수 있었던 타구였기에 더욱 아쉽게 느껴졌다.

물론 오늘 경기 마경 스왈로우스의 선발투수인 이안 라이트의 뒤를 이어 깜짝 등판한 안주열이 태식을 상대하기 전까지 완벽에 가까운 피칭을 펼쳤다는 점을 감안하면, 그에게서 2루타를 빼앗아낸 것도 훌륭한 결과였다.

그럼에도 불구하고 태식이 쉬이 아쉬움을 떨쳐내지 못하는 또 하나의 이유.

안주열이 커브를 던질 것을 미리 알고 있었기 때문이다.

풀카운트까지 이어졌던 승부.

노 볼 투 스트라이크의 불리한 볼카운트에 몰렸음에도 태식은 끈질기게 커트를 해내고 유인구를 참아냈다.

덕분에 풀카운트까지 승부를 끌고 왔다.

그리고 9구째 승부를 앞두고 안주열이 모자를 벗었다가 다시 쓰기를 반복하는 모습이 태식의 눈에 들어왔다.

그 모습을 확인한 순간, 타석에 들어서기 전에 강만호가 건넸던 이야기가 귓가에 되살아났다.

"경기가 뜻대로 풀리지 않을 때, 주열이가 부지불식간에 드러내는 습관이 두 가지가 있습니다. 주로 글러브를 벗었다가 다시 끼거나, 모자를 벗었다가 다시 쓰죠. 그리고 이 경우에 던지는 구종이 다릅니다. 글러브를 벗었다가 다시 끼는 경우에는 직구, 모자를 벗었다가 다시 쓰는 경우에는 커브를 던집니다."

안주열은 현재 마경 스왈로우스 소속 선수였다.

그렇지만 올 시즌 중반까지만 해도 안주열은 심원 패롯스 소속 선수였다. 그리고 지난 몇 년 동안 안주열과 배터리로서 가장 많이 호흡을 맞추었던 것이 바로 강만호였다.

해서 강만호는 안주열이 사용하는 구종이나 투구 습관 등에 대해 완벽하게 파악하고 있었기 때문에 태식에게 이런 정보를 건넨 것이었다.

'믿었어야 했어!'

강만호가 다가와서 건넸던 충고를 들었음에도, 태식은 그 충고를 백 퍼센트 신뢰하지 못했다. 그래서 9구째 승부를 앞두고 모자를 썼다가 벗었다가를 반복하는 안주열의 모습을 확인했음에도 과연 커브를 던질까 하는 의심을 품었다.

그런 의심이 생겼기 때문에 안주열의 손에서 공이 떠난 순간, 태식은 실밥의 회전을 자신의 눈으로 직접 확인했다.

그로 인해 타격 시에 타이밍이 조금 늦어졌다.

'만약 강만호의 충고를 백 퍼센트 신뢰했다면?'

무조건 커브가 들어올 것이라는 확신을 갖고 타격에 임했더라면, 상황은 지금과 또 달라졌을 것이었다.

태식이 때렸던 타구는 펜스 상단을 맞고 튕겨져 나오는 대신, 펜스를 훌쩍 넘기는 홈런이 됐으리라.

'이미 지난 일이야!'

그러나 태식은 애써 아쉬움을 털어냈다.

비록 홈런을 터뜨려서 바로 역전을 만들어내지는 못했지만, 무사 2루의 득점 찬스가 만들어져 있는 상태였다.

또, 태식의 뒤에는 슬럼프에서 벗어난 후, 정규 시즌 막바지에 절정의 타격감을 자랑하는 김대희와 역시 타격 페이스가 상승세인 강만호가 든든히 버티고 있었다.

김대희의 최근 타격감이 무척 좋다는 것을 알기 때문일까.

안주열은 선불리 승부하지 않았다.

유인구 위주의 피칭을 펼치며 김대희를 상대했다.

슈아악!

쓰리 볼 원 스트라이크의 볼카운트에서 안주열이 던진 공.

바깥쪽으로 크게 휘어져 나가는 슬라이더였다.

"볼넷!"

김대희가 스트라이크존을 크게 벗어나는 슬라이더를 확인하고 배트를 멈춰 세웠다.

워낙 타격감이 좋기 때문일까?

김대희는 볼넷을 얻어냈음에도 아쉬운 기색이 역력했다.

어쨌든.

안주열이 볼넷을 허용하며 비어 있던 1루가 채워졌다.

"대희와의 승부를 피했어!"

볼넷으로 끝난 안주열과 김대희의 대결을 지켜본 태식이 내린 판단이었다.

비록 자리에서 일어난 포수가 홈 플레이트를 벗어나서 공을 받은 고의 사구는 아니었지만, 실질적으로는 김대희와의 승부를 의도적으로 피한 고의 사구나 마찬가지였다. 그리고 이건 강상문 감독의 지시일 확률이 높았다.

아무래도 강상문 감독은 최근 절정의 타격감을 자랑하는 김대희보다는 강만호와 승부하는 편이 낫다고 판단한 듯 보였다.

'오판!'

그렇지만 태식은 강상문 감독이 내린 이 선택이 오판이라고 확신했다. 그리고 태식이 이렇게 확신한 이유는 강만호가 마운드 위에 서 있는 안주열에 대해 속속들이 알고 있었기 때문이다.

'나와는… 달라!'

강만호가 안주열의 투구 습관에 대해서 충고를 건넸음에도 태식은 백 퍼센트 신뢰하지 못했다.

그렇지만 강만호는 달랐다.

그런 태식의 예상은 적중했다.

슈아악!

따악!

강만호는 풀카운트 승부 끝에 안주열이 던진 바깥쪽 직구를 기다렸다는 듯이 제대로 받아 쳤다.

우중간을 가르는 적시타.

'됐다!'

노림수가 들어맞은 것이 아니었다.

글러브를 벗었다가 껴기를 반복하는 안주열의 행동을 확인하고 난 후, 강만호는 다음 공으로 직구가 들어올 것이라 확신했다. 그리고 전혀 의심하지 않고 타격에 임했기 때문에 좋은 결과를 만들어낼 수 있었던 것이었다.

2타점 적시 2루타.

쫘악!

2루 베이스에 여유 있게 도착한 강만호가 주먹을 쥔 손을 위로 쳐올리는 어퍼컷 세리머니를 펼쳤다.

반면 마운드 위에 서 있던 안주열은 고개를 떨궜다.

6 : 4.

마침내 심원 패롯스가 역전을 만들었다. 그리고 태식이 더그아웃으로 돌아갔을 때, 이철승 감독이 앞으로 다가왔다.

선발투수 안주열을 중간 계투 요원으로 투입하는 것.

강상문 감독이 오늘 경기를 위해서 준비해 온 회심의 승부수였다.

그렇지만 결과적으로 강상문 감독이 띄운 승부수는 실패로 끝났다.

안주열이 강만호에게 역전을 허용하는 적시타를 얻어맞은 직후, 강상문 감독은 마운드로 걸어 올라갔다.

그런 강상문 감독은 안주열에 대한 미련을 버렸다.

안주열을 강판시킨 강상문 감독은 대신 필승조에 속한 불펜투수 양지수를 마운드에 올리는 투수 교체를 단행했다.

'패착!'

회심의 승부수가 실패로 끝난 탓일까.

강상문 감독의 표정은 무척 어두웠다.

그러나 이철승은 내심 그가 부럽다는 생각을 했다.

4인 선발 로테이션조차도 꾸리기 힘들 정도로 투수 기근에 시달리는 심원 패롯스가 처한 어려운 상황과 대비됐기 때문이다.

'하필 안주열이 아니었다면 강상문 감독이 준비해 왔던 회심의 승부수가 통했을 가능성이 높아!'

강상문 감독이 놓친 것.

바로 안주열이 얼마 전까지 심원 패롯스 소속 선수였다는 것과, 안주열에 대해 속속들이 알고 있는 강만호의 존재를 놓쳤다는 것이었다.

'역전은 성공했으니, 이제 지키는 일만 남았군!'

그라운드에서 투수가 교체되는 모습을 물끄러미 지켜보던 이철승이 고개를 돌렸다. 그리고 곁에 앉아 있는 김태식에게 말했다.

"준비해라."

가타부타 부연을 하지 않은 채 준비하라는 짤막한 말만 던졌음에도, 김태식은 용케 말뜻을 알아챘다.

"기하가 아닌 제가 9회를 맡는 겁니까?"

"그럴 가능성이 높다."

"……?"

"아직은 모른다는 뜻이야."

이철승이 말을 끝맺자, 김태식이 의아한 시선을 던졌다.

"그게 무슨 말씀이십니까?"

"경기 상황에 따라서 우리 팀의 투수 운용이 달라질 거야."

이철승이 그라운드에서 시선을 떼지 않은 채 짤막한 부연을 덧붙였다.

그렇지만 김태식은 여전히 말뜻을 이해한 기색이 아니었다. 그 반응을 확인한 이철승이 한숨을 내쉬며 다시 입을 뗐다.

"아직 이번 이닝은 끝난 것이 아니다. 무사 2루의 득점 찬스가 이어지고 있으니까. 만약 이번 찬스에서 추가 득점을 올려서 점수 차가 석 점 이상으로 벌어지게 된다면 네가 아닌 기하가 9회를 맡을 거다. 그렇지만 이번에 추가 득점을 올리는 데 실패한다면, 네가 9회를 맡는다."

"왜입니까?"

"아끼고 싶거든."

"저를… 말입니까?"

"그래. 좀 더 정확히 표현하면 투수 김태식을 아끼고 싶다."

이철승이 허심탄회하게 속내를 드러낸 순간, 김태식이 다시 질문을 던졌다.

"이유를 여쭤봐도 되겠습니까?"

"비장의 무기거든."

"비장의… 무기요?"

"그래. 네가 우리 팀의 비장의 무기야. 그리고 원래 비장의 무기는 최대한 늦게 공개하는 편이 좋아."

야수 김태식이 아닌 투수 김태식의 가세는 투수 기근에 시달리던 심원 패롯스에게 있어서 가뭄의 단비나 다름없었다.

그리고 방금 표현했던 대로 이철승은 투수 김태식을 비장의 무기로 여기고 있었다. 그래서 가능하면 늦게 공개하고 싶었다.

"그래서였다."

"네?"

"동주를 교체한 후에 네가 아닌 혁이를 마운드에 올렸던 이유도 널 아끼고 싶었기 때문이다."

"……."

"물론 그 이유가 다는 아니었지만."

이해했다는 표정을 짓던 김태식이 다시 고개를 갸웃하며 질문을 던졌다.

"또 어떤 이유가 있었습니까?"

"우선 그 순간에 마운드에 올리는 게 혁이에게 맞는 옷을 입히는 것이란 생각을 했다. 각자 몸에 맞는 옷이 따로 있듯이, 투수에게 어울리는 보직도 따로 있는 법이니까. 지금의 혁이에게는 선발투수보다 추격조가 더 어울려."

"네."

"또 하나의 이유는 네가 한 충고 때문이었다."

"제가 드린 충고라면……."

"내가 너무 조급하다고 말했었잖아. 기억나?"

"네, 기억납니다."

"그래서 조급한 마음을 버리고 승부를 길게 보기 위해 애썼다. 그러다 보니 만호가 보이더군."

"만호요?"

갑자기 강만호의 이름이 흘러나오자, 김태식은 의아한 표정을 지었다. 그런 그를 위해서 이철승이 설명을 더했다.

"만약 혁이 대신 널 일찍 마운드에 올렸다면, 지명타자로 오늘 경기에 나선 만호가 타선에서 빠질 수밖에 없었다. 그럼 우리 팀의 공격력이 약화되는 것을 피할 수 없었지. 한마디로 말해서 나는 만호가 타선에서 빠지는 것이 아쉬웠다. 왠지 만호가 한 건 해줄 것 같았거든."

이철승이 웃으며 말했다.

혹자는 이런 이철승의 선택을 근거 없는 직감에 의존해서 경기를 운영한다는 말로 비난할 수도 있었다. 그렇지만 감독 생활을 오래 하다 보니, 직감을 결코 무시할 수 없다는 것을 깨달았다.

막 2군에서 올라온 통산 홈런이 하나도 없는 타자임에도 불구하고 자꾸 눈에 밟혀서 대타로 내보냈을 때, 생애 첫 홈런을 때려내는 케이스.

극심한 타격 슬럼프를 겪고 있는 타자를 승부처에서 대타로 내보냈을 때, 승부를 결정짓는 끝내기 안타를 때려내는 케이스.

이런 케이스들이 대표적인 예였다.

—감독의 기막힌 용병술.

이런 경우가 발생했을 때, 매스컴에서는 감독의 기막힌 용병술이라는 표현으로 포장했다. 그렇지만 엄밀히 말하면 데이터에 의존해 용병술을 펼친 작전이 성공한 것이 아니라 감독의 직감에 의존해서 거둔 성공이었다.

연습 시에 보여준 스윙이 무척 좋았거나, 더그아웃에서 경기를 지켜보는 눈빛이 무척 강렬했다거나.

전조라고 표현하면 될까.

이런 전조들이 있었기 때문에 감독은 그 선수를 내보내면 타석에서 뭔가를 해낼 것이라는 직감을 가지는 것이었다.

그리고 이번에도 마찬가지였다.

비록 이전 타석에서 안타를 때려내지 못했지만, 강만호의 표정은 자신감으로 가득 차 있었다.

계속 기회를 준다면 한 건 해줄 것이란 기대가 있었다.

그런 이철승의 직감은 적중했다.

강만호는 경기 후반부인 8회에 안주열을 상대로 역전을 만들어내는 2타점 적시 2루타를 때려냈으니까.

물론 강만호가 적시타를 터뜨린 데에는 하나의 요인이 더 있었다.

이안 라이트의 뒤를 이어 마운드에 오른 안주열에 대해 가장 잘 알고 있다는 것도 한몫했다는 것을 부인할 수 없었다.

이철승이 설명을 마치고 나자, 비로소 납득한 듯 김태식이 고개를 끄덕였다.

그렇지만 아직 할 말이 남은 듯 김태식은 입을 달싹이고 있었다.

"무슨 할 말 있어?"

"그게……."

김태식이 선뜻 입을 열지 못하고 망설이는 것을 확인한 이철승이 픽 웃으며 다시 입을 뗐다.

"안 어울려."

"네?"

"그렇게 망설이는 것과 너는 안 어울린다는 뜻이야. 감독인 내 앞에서도 하고 싶은 말은 다 하는 스타일이잖아."

정곡을 찔렸기 때문일까.

멋쩍게 웃고 있는 김태식에게 이철승이 재촉했다.

"그러니까 너무 어려워 말고 편하게 말해봐."

"내일 경기에 대한 대비책은 있으신 겁니까?"

이철승의 재촉을 받고 나서야 김태식이 조심스럽게 질문을 던졌다. 그리고 이철승은 김태식이 이런 질문을 던진 이유를 짐작할 수 있었다.

정규 시즌 최종전인 내일 경기에 선발투수로 나설 예정이었던 김혁을 오늘 경기에 출전시켰다.

게다가 김혁이 오늘 경기에서 던진 투구 수도 적지 않았다.

내일 경기에 김혁이 선발로 출전하는 것이 불가능해진 상황.

그로 인해 정규 시즌 최종전인 내일 경기에 출전할 선발투수도 마땅치 않다는 팀 내 상황에 대해서 김태식은 누구보다 잘 알고 있었다.

그래서 김태식이 이런 질문을 던진 것이었고.

그러나 이철승은 대답을 꺼내는 대신, 고개를 내저었다.

"김태식!"

"네."

"아직 오늘 경기도 끝나지 않았어. 그러니 일단 몸부터 풀어!"

마운드 위에서 연습 구를 던지고 있는 양지수의 모습을 힐끗 살핀 이철승이 한마디를 덧붙였다.

"가능하면 네가 등판하지 않았으면 좋겠지만."

12. 에이스 인정

이철승 감독이 꺼냈던 말.

빈말이 아니었다.

틱! 데구르르.

투수 김태식을 아끼기 위해서는 추가점이 필요한 상황이었고, 이철승 감독은 추가점을 올리기 위해서 용덕수에게 희생번트를 지시했다. 그리고 용덕수는 이철승 감독의 작전 지시를 충실히 수행했다.

3루 쪽으로 침착하게 희생번트를 댔고, 그사이 대주자로 경기에 나선 유현신은 3루에 안착했다.

1사 3루.

불펜에서 몸을 풀면서도 태식은 그라운드에서 시선을 떼지 못했다.

이번 득점 찬스에서 추가 득점을 올리는가 여부에 따라서 태식의 등판 여부도 달려 있었기 때문이다.

1사 3루 상황인 만큼, 큼지막한 외야플라이 하나만 나와도 추가 득점을 올릴 수 있는 찬스였다.

추가점을 올릴 수 있는 절호의 찬스에서 타석에 등장한 것은 9번 타자 헨리 소사였다.

헨리 소사라면 바뀐 투수인 양지수를 상대로 어렵지 않게 외야플라이를 때려낼 수 있을 거라 예상했는데.

역시 야구는 예측이 어려웠다.

딱!

헨리 소사는 평범한 3루 땅볼로 물러나면서 3루 주자였던 유현신을 홈으로 불러들이는 데 실패했다.

2사 3루로 바뀐 상황에서 타석에 등장한 이종도 역시 2루수 앞으로 향하는 땅볼을 때려서 아웃당했다.

"공수 교대!"

결국 추가 득점을 올리지 못한 채, 그대로 이닝이 마무리됐다.

"다시… 마운드에 선다!"

이철승 감독의 입장에서는 분명히 아쉬운 상황일 터였다.

그렇지만 태식의 입장에서는 추가 득점을 올리지 못하고 이닝이 마무리가 된 지금의 상황이 오히려 반가웠다.

다시 마운드에 설 수 있는 기회를 얻었기 때문이다.

"또 나왔다!"

"와아! 김태식이다."

"투수보다 공을 더 잘 던지는 야수 출몰이다!"

"심원 패롯스 에이스 등장이오!"

여울 데블스와의 경기 후반에 태식이 처음으로 등판했을 때와는 달랐다.

두 점차로 앞서고 있는 오늘 경기를 마무리하기 위해서 9회 초에 마운드에 올라온 태식에게 의아한 시선을 던지는 홈 팬들은 더 이상 없었다.

오히려 태식이 다시 마운드 위에 서기를 오매불망 기다렸던 것처럼 커다란 환호를 보내주었다.

또, 흥미로운 기색을 감추지 않고 태식의 일거수일투족에 집중하고 있었다.

확 달라진 홈 팬들의 반응.

나쁘지 않았다. 아니, 갑자기 달라져 있는 홈 팬들의 뜨거운 반응으로 인해 짜릿한 흥분이 일었다.

그러나 태식은 이내 귀를 닫고 승부에 집중하기 위해 애썼다.

"아직 오늘 경기도 끝나지 않았어!"

아까 이철승 감독이 했던 말이 옳았다.

비록 두 점 앞선 채로 마지막 이닝에 접어들었지만, 아직 경기의 승패는 결정이 난 것이 아니었다.

야구는 9회 말 투아웃부터 시작이라는 말.

괜히 나온 것이 아니었다.

게다가 경기를 마무리하기 위해서 9회 초에 등판한 태식이 상대해야 하는 것은 마경 스왈로우스의 클린업트리오였다.

'쉽지 않은 상황!'

태식이 쓰게 웃었다.

지난 등판 때도 어려운 상황이었지만, 이번 등판 역시 결코 쉽지 않은 상황에서의 등판이었다.

그나마 지난 등판보다 나은 점은 두 가지였다.

하나는 루상에 주자가 없다는 것이었고, 나머지 하나는 한 점차가 아닌 두 점차에서 등판했다는 것이다.

'공격적인 피칭!'

만약 공격적으로 피칭을 하다가 불의의 홈런을 허용한다고 하더라도, 동점을 허용하는 상황은 아니었다.

태식은 유인구 위주로 도망치는 피칭을 하면서 루상의 주자가 늘어난 상태에서 장타를 허용하는 것보다는, 솔로 홈런 한 방을 얻어맞는 편이 낫다는 판단을 내렸다.

첫 상대는 3번 타자 정현준!

후우!

크게 심호흡을 한 태식이 초구를 던졌다.

슈아악!

팡!

몸 쪽 낮은 코스의 직구를 요구한 용덕수가 내밀고 있던 미트 속으로 태식의 손을 떠난 공이 빨려 들어갔다.

"149㎞다!"

"지난번 투구, 우연이 아니었어!"

"헐. 진짜 대박이다."

"우리 팀 에이스 인정!"

"제구 봐라. 완전 면도날이네. 면도날!"

겨우 공 하나를 던졌을 뿐인데도, 홈 팬들의 반응은 무척 뜨거웠다. 그렇지만 타석에 선 정현준의 반응은 지난번 등판에서 태식의 처음으로 상대했던 타자인 이의상과는 확연히 달랐다.

태식이 투수로 나설 것을 전혀 예상치 못한 상태에서 태식이 던졌던 140㎞대 후반의 직구와 맞닥뜨렸던 이의상은 타석에서 놀라기 급급했었다.

그렇지만 정현준은 태식이 지난 등판에서 했던 투구를 이미 영상을 통해 분석한 탓인지 크게 놀라지 않았다.

살짝 표정이 굳어진 것이 다였다.

몸 쪽 직구!

용덕수는 2구도 직구를 원했다. 가볍게 고개를 끄덕인 태식이 와인드업을 마치고 공을 뿌렸다.

슈아악!

팡!

초구와 달라진 점은 거의 없었다.

149km.

전광판에 찍힌 구속도 같았고, 완벽하게 제구가 되면서 용덕수가 내밀고 있던 미트에 정확히 빨려 들어간 것도 같았다.

유일하게 다른 점은 정현준이 체크 스윙을 했다는 것이었다.

타이밍이 맞지 않기 때문일까.

정현준이 고개를 갸웃하며 타석에서 물러났다.

노 볼 투 스트라이크.

투수에게 압도적으로 유리한 볼카운트로 바뀌었다. 그리고 이제 타자의 배트를 이끌어낼 유인구를 던질 적기였다.

바깥쪽 슬라이더.

용덕수도 같은 생각인 듯 바깥쪽 슬라이더를 던지라는 사인을 냈다.

용덕수가 낸 사인을 확인한 태식이 무심코 고개를 끄덕이며 투구 동작에 돌입하려다가 도중에 멈추었다.

'시기상조!'

정현준을 상대로 지금 슬라이더를 던지는 것.

너무 이르다는 생각이 들었다.

그래서 태식이 고개를 흔든 후, 직접 사인을 냈다.

몸 쪽 직구.

그렇지만 이번에는 용덕수가 고개를 흔들었다.

공 세 개를 잇따라 똑같은 구종과 코스로 던지는 것.

너무 위험하다고 판단했기 때문일 터였다.

그러나 태식도 고집을 꺾지 않았다.

고집과 고집이 부딪혔다.

그 대결에서 결국 이긴 것은 태식이었다.

용덕수가 마지못한 표정으로 몸 쪽 낮은 코스로 미트를 내밀었다.

슈아악!

딱!

정현준도 프로 선수였다.

그것도 마경 스왈로우스의 클린업트리오 중 한 자리를 차지했을 정도로 타격에 대한 재능이 있는 선수였다.

1구와 2구에 이어서 3구 역시 몸 쪽 직구가 들어오자, 정현준도 망설이지 않고 매섭게 배트를 돌렸다.

그러나 타이밍이 늦었다.

배트 스피드는 구속을 따라오지 못했고, 타이밍이 밀려서 배트에 맞은 타구는 높이 솟구쳤다.

그 순간, 용덕수가 포수 마스크를 벗어 던지며 벌떡 일어섰다.

"뒤쪽이야!"

태식이 소리친 순간, 용덕수가 재빨리 고개를 돌렸다.

타다다닷.

공에 대한 집중력을 잃지 않고 낙구 지점을 포착하는 데 성공한 용덕수가 필사적으로 쫓아갔다.

'잡을 수 있을까?'

조금 어렵지 않을까 하고 태식이 생각했지만, 용덕수는 몸을 아끼지 않고 던지며 글러브를 쭉 내밀었다.

"아웃!"

용덕수가 선보인 호수비 덕분에 정현준은 포수플라이 아웃으로 물러났다.

절레절레.

포수플라이 아웃으로 물러난 후 더그아웃으로 걸어 돌아가던 정현준이 고개를 내젓는 모습이 보였다.

절레절레.

집중력을 잃지 않고 타구를 처리한 후, 홈 플레이트 쪽으로 돌아오던 용덕수도 고개를 내젓고 있었다.

비슷한 제스처.

그렇지만 의미는 달랐다.

정현준이 고개를 흔든 이유.

자신이 정확하다고 예상했던 타이밍이 맞지 않았을 정도로 빠른 태식의 직구에 당황한 것이었다.

그리고 용덕수가 고개를 내저은 이유.

기어이 세 개의 공을 모두 몸 쪽 직구로 던져서 정현준을 잡아낸 태식의 고집에 혀를 내둘렀기 때문이다.

9회 초, 1사 주자 없는 상황에서 타석에 들어선 것은 마경 스왈로우스의 4번 타자인 최원우였다.

오늘 경기에서 두 차례 적시타를 때려내며 혼자서 3타점을 올린 최원우의 표정에는 자신감이 가득 묻어나고 있었다.

최원우의 타격감이 좋다는 것을 알고 있기 때문일까.

바깥쪽 슬라이더.

용덕수는 정면 승부를 하는 대신, 유인구를 요구했다. 그러나 태식은 이번에도 고개를 흔들었다.

몸 쪽 직구.

태식이 낸 사인을 확인한 마스크 너머 용덕수의 표정이 굳어지는 것이 보였다. 그러나 태식의 고집을 꺾을 수 없다는 사실을 알고 있기에 불안한 표정으로 몸 쪽 코스로 미트를 갖다 댔다.

슈아악!

팡!

149㎞의 구속이 전광판에 찍힌 직구가 타자의 몸 쪽 코스를 통과했다.

"스트라이크!"

주심이 스트라이크를 선언한 순간, 최원우가 거칠게 콧김을 내뿜는 것이 보였다.

장타를 의식해서 바깥쪽 승부를 할 것이라는 예상과 달리 태식이 과감한 몸 쪽 승부를 했기 때문에 자존심이 상한 탓이었다.

툭, 툭!

각오를 다지듯 주먹으로 머리에 쓰고 있던 헬멧을 두드린 최원우가 다시 타석으로 들어섰다.

슈아악!

태식이 선택한 공은 이번에도 몸 쪽 직구.

태식이 다시 몸 쪽 승부를 할 것이라고 예상이라도 했던 것처럼 최원우의 배트가 매섭게 돌아갔다.

따악!

경쾌한 타격음이 흘러나왔다.

1루수의 키를 훌쩍 넘기고 빨랫줄처럼 쭉쭉 뻗어나가는 타구의 궤적은 무척 날카로웠지만, 라인을 살짝 벗어나는 파울 타구가 됐다.

"젠장!"

1루를 향해 내달리던 최원우가 파울이 선언되자 속도를 늦추었다.

비록 선상을 벗어나면서 파울이 되긴 했지만, 최원우가 만들어낸 타구는 배트 중심에 제대로 걸린 정타였다.

아쉬운 기색을 감추지 않은 채 고개를 갸웃하면서 다시 타석으로 돌아오는 최원우를 확인한 태식이 다시 투구를 준비했다.

슈아악!

태식이 3구째로 선택한 구종은 역시 직구!

다만 코스가 달랐다.

팡!

바깥쪽 꽉 찬 코스로 직구가 파고들었다.

이번에도 몸 쪽 승부를 예상했기 때문일까?

허를 찔려 버린 최원우는 배트를 내밀어보지도 못하고 움찔한 것이 다였다.

'판정은?'

태식의 시선이 주심에게로 향했다.

바로 판정을 내리지 못하고 역시 움찔하고 있던 주심은 반 박자가량 늦게 손을 들어 올렸다.

"스트라이크!"

삼구 삼진으로 마경 스왈로우스의 4번 타자인 최원우를 돌려세우는 데 성공한 태식이 주먹을 움켜쥐었다.

'고비를 넘었다!'

이제 심원 패롯스의 승리를 확정하기 위해 남은 아웃 카운트는 하나!

태식이 로진백을 집어 들었을 때, 홈 팬들의 환호성이 더욱 커졌다.

"내가 제대로 본 것 맞아?"

"152km다!"

"이거 실화냐?"

"이렇게 잘 던지는데 김태식은 왜 지금까지 투수로 안 나섰던 거야?"

홈 팬들의 환호와 웅성거림이 커진 이유.

전광판에 찍힌 구속 때문이었다.

152km.

최원우를 삼구 삼진으로 돌려세운 마지막 바깥쪽 직구의 구속은 무려 152km였다.

140km대 후반의 구속과 150km대 초반의 구속은 또 달랐다.

쿵쿵쿵.

홈 팬들이 내지르고 있는 거센 환호와 함성 소리를 들으며, 태식의 심장이 거칠게 뛰기 시작했다.

150㎞대 초반의 구속을 기록한 것.

이번이 처음은 아니었다.

고등학교를 졸업하고 바로 프로 무대에 뛰어든 후, 마운드에 올라 150㎞대 초반의 직구 구속을 기록했던 적이 몇 차례 있었다.

그렇지만 당시 태식의 투구는 야구팬들의 관심을 크게 끌지는 못했다.

―공은 빠르다. 그러나 제구가 형편없다.

당시 투수 김태식에 대한 평가였다.

140㎞대 중후반이었던 구속을 더 높이 끌어 올리려고 애쓰다 보니, 자연스레 몸과 어깨에 힘이 들어갔다.

그로 인해 제구가 뜻대로 되지 않았었다.

실제로 당시 태식이 던졌던 구속이 150㎞가 넘는 공들 가운데 스트라이크존을 통과한 것은 거의 없었다.

그러니 어찌 좋은 성적을 거둘 수 있었을까.

그렇지만 지금은 달랐다.

13. 쓸데없는 걱정

'제구가 된다!'

구속보다 중요한 것은 제구.

예전에 투수로서 실패를 했던 경험은 태식에게 커다란 교훈을 안겼다.

해서 기적과 함께 또 한 번의 기회가 찾아온 이번에는 구속에 욕심을 내지 않았다.

어깨와 몸에서 최대한 힘을 빼고 용덕수가 내밀고 있는 미트에 정확히 공을 던지는 것에만 집중했다.

그런데 구속이 떨어지기는커녕 오히려 구속이 올라갔다.

"세게 던지는 게 절대 좋은 게 아니다."

"몸에서 힘을 빼는 것이 중요하다."

"제구를 좋게 하기 위해서는 투구 폼을 일정하게 유지해라!"

"네 공에 자신을 가져라!"

"타자와의 승부에서 절대 도망치지 마라."

투수 김태식이 가진 재능과 잠재력을 눈여겨본 여러 감독들과 코치들이 던졌던 조언들이었다.

모두 옳은 조언들.

그러나 당시의 태식은 이 조언들을 자신의 것으로 받아들이지 못했다.

그 이유는 시작이 잘못됐기 때문이다.

'적응에 실패했어!'

고교 야구와 프로야구.

간극은 무척 컸다.

시골에서 수재 소리를 듣던 학생이 서울에 있는 대학교에 들어온 후에 평범에도 미치지 못하는 학생이 된 것과 비슷한 느낌이랄까.

고등학교 시절에는 140㎞대 중후반의 구속을 기록했던 직구 하나만으로도 충분히 타자들을 제압했다.

그렇지만 프로 무대에서는 그 직구가 통하지 않았다.

태식이 자랑했던 140㎞대 중후반의 직구는 프로 무대에서 뛰고 있던 타자들에게 난타를 당했다.

'지금의 직구로는 어렵다. 더 빠른 공을 던져야 한다!'

당시 태식이 떠올린 해법이었다.

이런 욕심에 사로잡혀 있다 보니, 투구를 할 때 자꾸 어깨와 몸에 힘이 들어갔다.

또 몸에 힘이 잔뜩 들어가다 보니 투구 폼과 손에서 공을 놓는 릴리스 포인트가 일정하지 않았고, 자연스레 제구 난조로 이어졌다. 그리고 마운드에서 부진이 길어지다 보니, 자신감이 떨어졌다.

'내 공은 프로 무대에서 통하지 않는다.'

'140㎞대 중후반의 직구로는 어림도 없다.'

당시 태식이 품었던 생각들.

직구에 대한 자신감이 사라지고 난 후, 태식은 서둘러 닥치는 대로 다른 구종을 익히기 급급했다.

커브, 슬라이더, 체인지업, 포크볼까지.

자신감이 사라져 버린 직구를 던지는 비중을 낮추는 대신, 급하게 익힌 변화구를 구사하는 비중을 높였다.

그러나 변화구를 완벽하게 익히는 데는 시간이 필요했다.

그리고 태식에게는 그럴 시간이 없었다.

해서 어설프게 익힌 변화구를 서둘러 실전에서 사용했지만, 프로 무대에서 뛰는 타자들을 감당하기에는 역부족이었다.

그로 인해 마운드에서 난타를 당하며 무너지는 경우가 잦아졌다.

몸부림을 치면 칠수록 점점 더 늪으로 깊이 빠져드는 느낌이 랄까.

궁지에 몰린 태식은 타자들과의 승부에서 공격적으로 승부에 임하지 못하고 유인구 비중을 높이며 도망치는 투구를 하기에 급급했다.

그 결과, 태식은 부상을 당했다.

'악순환의 반복!'

당시 태식이 투수로서 실패한 이유였다.

'좀 더 일찍 알았더라면?'

만약 이런 사실들을 예전에 알았더라면, 투수로서 실패하지 않았을 것이란 생각이 들어서 못내 아쉬운 마음이 들었다.

그러나 태식은 이내 아쉬움을 털어냈다.

기적이 벌어지면서 투수로서 재기를 할 수 있는 또 한 번의 기회가 자신에게 찾아왔기 때문이다.

"이번에는 실패하지 않는다!"

각오를 다지듯 혼잣말을 꺼낸 태식이 2사 주자 없는 상황에서 5번 타자 짐 맥그리거와의 승부를 시작했다.

슈아악!

짐 맥그리거를 상대로 태식이 선택한 초구는 바깥쪽 직구였다.

파앙!

아까 최원우를 삼구 삼진으로 돌려세웠던 마지막 공과 정확히 같은 코스로 파고든 직구를 짐 맥그리거도 그냥 흘려보냈다.

"스트라이크!"

슈아악!

2구째로 선택한 공은 몸 쪽 직구.

그리고 짐 맥그리거는 몸 쪽 직구에 노림수를 가지고 타석에 들어선 듯 매섭게 배트를 돌렸다.

따악!

묵직한 타격음이 그라운드에 울려 퍼졌다.

깜짝 놀란 용덕수가 벌떡 일어선 순간, 태식도 서둘러 고개를 돌려 짐 맥그리거가 때린 타구의 궤적을 눈으로 좇았다.

'넘어… 갔다!'

배트 중심에 제대로 걸린 짐 맥그리거의 타구는 펜스를 훌쩍 넘기고 난 후에야 떨어졌다. 그러나 폴대를 약 3미터가량 벗어난 파울 홈런이었다.

후우!

파울 홈런이 됐다는 것을 알아챈 용덕수가 안도의 한숨을 내쉬었다.

그리고 더 참지 못하고 마운드로 걸어 올라왔다.

태식이 그런 용덕수에게 핀잔을 건넸다.

"왜 올라왔어?"

"무서워서요."

"뭐가?"

"장타요."

"괜찮아."

태식이 괜찮다고 말했지만, 용덕수는 안심한 기색이 아니었다.

"형이 던지는 직구의 구위가 좋다는 건 저도 알고 있어요. 그래도 쉬운 길을 두고 자꾸 어려운 길을 갈 필요는 없잖아요."

"하고 싶은 말이 뭐야?"

"유인구 하나만 던지시죠."

"유인구?"

"계속 직구만 고집하지 마시고, 제 말대로 유인구 하나만 던지세요. 그럼 손쉽게 경기를 마무리할 수 있을 것 같아요."

용덕수가 본론을 꺼냈다.

일리가 있는 이야기.

그러나 태식은 고개를 흔들었다.

"내가 보여준 구종만으로 승부를 본다."

"하지만……."

"이미 결심했어."

"대체 왜 이렇게 고집을 부리시는 건데요?"

용덕수가 이해할 수 없다는 표정으로 물었다.

"비장의 무기거든."

"네?"

"내가 비장의 무기라고."

"형이… 비장의 무기라고요?"

"그래. 감독님이 그렇게 말씀하시더라고. 그래서 오늘 경기에서 유인구를 던지지 않으려는 거야."

태식이 설명했지만, 용덕수는 납득한 표정이 아니었다.

"비장의 무기와 유인구를 안 던지는 것 사이에 무슨 연관이 있는 건데요?"

"연관이 있어."

"그러니까 무슨 연관이 있는데요?"

"원래 비장의 무기는 감추면 감출수록 더 위력적이니까."

제대로 말뜻을 이해하지 못했기 때문일까.

여전히 이해가 가지 않는다는 표정을 드러내고 있는 용덕수를 이해시키는 것을 포기한 태식이 힘주어 말했다.

"내 뜻대로 해보자."

"그렇지만……"

"형, 못 믿어?"

용덕수가 마지못한 표정으로 다시 돌아갔다.

몸 쪽 직구.

그리고 방금 몸 쪽 직구를 던지다가 파울 홈런을 허용했던 태식이 다시 몸 쪽 직구를 던지겠다는 사인을 내자, 용덕수는 불안감을 감추지 못했다. 그러나 태식은 아랑곳하지 않고 공을 뿌렸다.

슈아악!

딱!

짐 맥그리거가 휘두른 배트에 공이 걸렸다.

그렇지만 아까처럼 큰 타구는 아니었다.

방금 몸 쪽 직구를 던지다가 파울 홈런을 허용했던 상황이었다.

그래서 태식이 설마 또 몸 쪽 직구를 던질 것이라고는 예상치 못했기 때문일까.

짐 맥그리거가 때린 타구는 밀렸다.

재차 파울이 된 순간, 태식이 모자를 벗었다가 다시 썼다.

'도망치지 않는다!'

슈아악!

와인드업을 마친 태식이 힘차게 공을 뿌렸다.

끝까지 고집을 꺾지 않으며 태식이 선택한 것은 몸 쪽 승부였다.

부우웅!

진검 승부라고 판단한 짐 맥그리거가 힘차게 배트를 돌렸지만, 그의 배트는 허공을 가르고 지나갔다.

"스트라이크아웃! 경기 종료!"

우와!

우와아!

숨죽인 채 경기를 지켜보던 홈 팬들이 경기가 종료된 순간, 일제히 환호성을 내질렀다.

그 순간, 태식이 고개를 돌렸다.

132km.

전광판에 찍힌 구속이었다.

직구와 20km 가까이 구속 차이가 나는 체인지업으로 짐 맥그리거마저 삼진으로 돌려세운 태식이 올 시즌 두 번째 세이브를 기록하는 데 성공했다.

　　　　　*　　　　　*　　　　　*

〈정규 시즌 마지막 경기를 앞두고 와일드카드의 주인이 다시 미궁으로 빠져들다〉

　송나영이 작성한 기사를 읽던 용덕수가 흐뭇한 웃음을 머금은 채 태블릿 피시를 태식에게 건넸다.
　"확실히 반응이 달라졌네요."
　"무슨 뜻이야?"
　"댓글을 한번 확인해 보세요."
　태식이 기사를 아래로 내리자, 기사 하단에 달려 있는 댓글들이 보였다.

　　—이러다가 진짜 심원 패롯스가 가을 야구 하는 거 아님?
　　—톰 하디랑 이연수 없이 여기까지 온 것만 해도 대단함.
　　—트레이드는 신의 한수였음. 인정?
　　—김태식이랑 용덕수 없었음 어쩔 뻔했음?
　　—김태식은 사랑입니다.

　심원 패롯스의 팬들이 올린 댓글들이었다. 그리고 심원 패롯스의 팬이 아니라 우송 선더스의 팬들도 기사 아래 댓글들을 남겼다.

—제발 대승 원더스를 잡아주세요. 굽신굽신.

　—악연은 이미 과거의 일. 대인배답게 잊어버립시다.

　—우송 선더스 밉다고 일부러 대승 원더스한테 패하면 안 됩니다.

　—우송 선더스는 한국 시리즈 직행하고 심원 패롯스는 가을 야구하면 더없이 좋지 아니한가? 이것이야말로 진정한 윈윈이 아닌가?

　우송 선더스의 팬들이 찾아와서 남기고 간 댓글들을 모두 확인한 태식이 픽 하고 실소를 흘렸다.

　우송 선더스 팬들이 이런 댓글들을 남긴 이유.

　짐작이 가고도 남았다.

　정규 시즌 최종전만을 남겨두고 있는 현재 시점.

　리그 선두에 올라 있는 것은 대승 원더스였다. 그리고 우송 선더스는 리그 2위에 올라 있었다.

　그렇지만 두 팀의 격차는 한 게임에 불과했다.

　만약 정규 시즌 최종전에서 대승 원더스가 심원 패롯스에 패하고, 우송 선더스가 승리를 거둔다면?

　정규 시즌 우승을 차지하며 한국 시리즈 직행 티켓을 손에 넣는 것은 대승 원더스가 아닌 우송 선더스였다.

　우송 선더스의 승률이 대승 원더스에 비해 높았기 때문이다.

　"쓸데없는 걱정을 하는 사람들이 많네."

　"쓸데없는 걱정이요?"

　"그래. 내일 경기에서 패하면 가을 야구 진출이 무산되는 상황인데 우리가 일부러 대승 원더스에게 패할 리가 없잖아."

"뭐, 그렇기는 하죠. 그런데 세상에는 워낙 다양한 생각을 가진 사람들이 많으니까요. 어쨌든 댓글 개수가 무려 천 개를 넘어선 거 보이시죠? 불과 며칠 전에는 비슷한 내용의 기사에 댓글이 쉰 개도 달리지 않았어요. 그런데 이렇게 댓글의 숫자가 많이 늘어난 건 상황이 달라지면서 관심이 늘어났다는 증거죠."

용덕수의 이야기를 듣던 태식이 고개를 끄덕여 동의했다.

불과 며칠 전까지만 해도 심원 패롯스의 가을 야구 진출은 불가능해 보였다. 그러나 지금은 상황이 또 달라졌다.

정규 시즌 최종전에서 심원 패롯스가 대승 원더스에 승리를 거두고, 마경 스왈로우스가 청우 로얄스에 패한다면?

와일드 카드로 가을 야구에 나서게 되는 팀은 마경 스왈로우스가 아닌 심원 패롯스였다.

물론 여전히 심원 패롯스가 가을 야구에 진출할 확률은 마경 스왈로우스에 비해 낮았다.

심원 패롯스의 정규 시즌 최종전 상대가 리그 최강팀이라고 평가받는 대승 원더스인 반면, 마경 스왈로우스의 정규 시즌 최종전 상대는 하위권으로 처져 있는 청우 로얄스였으니까.

또, 대승 원더스는 정규 시즌 최종전에서 꼭 이겨야 하는 동기부여 요소가 있는 반면, 청우 로얄스는 없었으니까.

그렇지만.

예전에 비해서 심원 패롯스의 가을 야구 진출 확률이 훨씬 높아졌다는 것은 분명한 사실이었다.

해서 내심 기적이 일어나기를 바라고 있는 심원 패롯스의 팬들이 뜨거운 관심을 드러내고 있는 것이었고.

"참. 기사 내용 중에 재밌는 표현이 있었어요."

용덕수가 웃으며 말하는 것을 들은 태식이 물었다.

"어떤 표현?"

"투타에서 마지막 불꽃을 태우고 있는 김태식 선수가 심원 패롯스가 써 내려가고 있는 기적의 중심에 서 있다는 표현이요."

"……?"

"형은 이제부터 시작이잖아요."

용덕수가 덧붙인 말을 들은 태식도 마주 웃으며 대답했다.

"그래. 이제부터 시작이지. 그런데 문제가 뭔지 알아?"

"문제요? 뭔데요?"

"너만 안다는 거야."

"네?"

"너는 나에 대해서 잘 알고 있기 때문에 그런 말을 하지만, 대부분의 사람들은 달라. 날 은퇴 직전의 노장 선수라고 생각하고 있거든."

"그건… 그렇죠."

용덕수가 입맛을 쩝 다셨다. 그리고 태식이 씁쓸히 웃는 것을 확인한 용덕수는 서둘러 화제를 돌렸다.

"그나저나 형도 참 대단하세요."

"갑자기 뭐가 대단해?"

"언행일치의 아이콘이잖아요."

14. 비장의 무기

"언행일치의 아이콘?"

낯선 표현이었다.

해서 태식이 의아한 시선을 던지자, 용덕수가 부연을 더했다.

"결과적으로는 오늘 경기 중에 저와 마운드 위에서 했던 말을 지키셨잖아요."

'무슨 얘기를 했더라?'

태식이 기억을 더듬고 있을 때, 용덕수가 그 수고를 덜어주었다.

"내가 보여줬던 구종만으로 승부를 본다."

"……?"

"짐 맥그리거에게 파울 홈런 허용하고 난 후에 제발 유인구 하나만 던지자고 제가 형한테 간청했었잖아요. 그때 형이 이렇게 말씀하셨어요. 그리고 끝내 첫 등판에서 선보였던 두 구종인 직구와 체인지업만으로 경기를 마무리했잖아요. 그러니까 형이 했던 말을 실천으로 옮긴 거죠."

"그래도 언행일치의 아이콘이라는 표현은 좀 과한 것 같은데."

"전혀 과하지 않습니다. 급박한 상황임에도 불구하고 본인의 입으로 내뱉은 말을 지키기 위해서 다른 유인구를 배제하고 끝까지 직구와 체인지업만 사용한 것. 아무나 할 수 있는 일이 아닙니다."

혀를 내두르던 용덕수가 다시 물었다.

"그런데… 걱정은 안 되셨어요?"

"무슨 걱정?"

"짐 맥그리거에게 파울 홈런을 맞았을 때 말이에요. 여울 데블스와의 경기에서 처음으로 등판했을 때와는 달랐잖아요."

"……?"

"첫 등판 때는 타자들이 형이 던지는 직구에 제대로 타이밍을 맞추지도 못했었잖아요. 그런데 이번 등판에서는 정타가 나오기 시작했고요. 직구가 제대로 맞아나간다는 것 때문에 아무래도 걱정이 좀 되셨을 것 같은데……."

"전혀."

"네?"

"전혀 걱정하지 않았다고."

"왜요?"

"내 공에 대한 자신이 있었거든."

태식이 확신에 찬 목소리로 대답했다.

'만약 예전이었다면?'

자칫 잘못하면 장타를 허용할지도 모른다는 생각에 움츠러들어서 계속 직구 승부를 하는 것을 주저했을 것이다.

그러나 지금은 달랐다.

실제로 짐 맥그리거가 파울 홈런을 날렸을 때, 용덕수는 자리에서 벌떡 일어나며 놀란 기색을 감추지 못했다.

그렇지만 태식은 여유가 있었다.

짐 맥그리거의 배트에 공이 맞은 순간, 이미 홈런이 아닌 파울이 될 것을 확신했기 때문이다.

그렇게 확신을 한 데는 근거가 있었다.

바로 최원우와의 대결이었다.

마운드에 선 태식과 승부하던 최원우는 몸 쪽 직구에 노림수를 갖고 들어와서 타격을 했다. 그럼에도 불구하고 안타를 만들어내는 데 실패했다.

정확한 타이밍에 배트에 걸렸음에도 최원우가 때린 타구는 선상을 벗어나는 파울 타구가 됐다.

'지금의 구속과 구위를 유지하면서 완벽하게 제구만 한다면 절대로 타자에게 안타를 허용하지 않는다!'

그때, 태식은 이런 확신을 가졌다.

"하여간 형의 자신감은 대단하네요."

재차 혀를 내두르던 용덕수가 다시 입을 뗐다.

"어쨌든 우여곡절이 무척 많았긴 했지만 결국 여기까지 오긴
했네요. 댓글 내용처럼 내일 경기까지 잡으면 진짜 기적이 일어
날지도 몰라요."

"그래."

"과연 기적이 일어날까요?"

"기적, 일어날지도 몰라."

"그러면 좋겠지만……."

용덕수가 슬그머니 말끝을 흐렸다.

"왜 말을 얼버무려?"

"쉽진 않을 것 같아서요."

"왜 그렇게 생각해?"

"당장 내일 경기에 나설 선발투수조차 없으니까요."

용덕수가 한숨을 내쉬며 대답했다.

그 대답을 들은 태식도 반박할 말을 찾지 못하고 작게 고개
를 끄덕였다.

지금 용덕수가 우려하고 있는 것.

태식 역시 우려하고 있었던 부분이었다.

"감독님은 내일 경기에 누구를 선발투수로 내보낼까요?"

"글쎄다……."

태식이 자신 없는 목소리로 대꾸하자, 용덕수가 놀란 표정을
지었다.

"형!"

"또 왜?"

"형이 모르는 것도 있어요?"

"난 점쟁이가 아니라니까."

태식도 같은 질문을 던졌던 적이 있었다.

그렇지만 여전히 이 질문에 대한 답을 찾아내지 못한 상태였다.

내일 경기의 가장 유력한 선발투수 후보였던 김혁이 마경 스왈로우스와의 경기에 등판하면서 후보에서 제외된 상황.

아무리 고민해 봐도 마땅한 적임자가 떠오르지 않았다. 그래서 태식이 눈살을 찌푸리고 있을 때, 용덕수가 조심스럽게 입을 뗐다.

"윌린 해멀스가 아닐까요?"

"윌린 해멀스?"

"지난 등판 후에 사흘밖에 쉬지 못했지만, 지금은 특수한 상황이니까요. 조금 무리를 하더라도 윌린 해멀스가 선발투수로 나설 확률이 높지 않을까요?"

"가장 가능성이 높긴 하지."

태식도 용덕수의 의견에 수긍했다.

현재 심원 패롯스는 무척 특수한 상황에 놓여 있었다. 그리고 내일 경기는 무척 중요한 경기였다.

내일 경기 결과에 따라 한 시즌 농사가 좌지우지될 수 있었으니까.

이철승 감독이 월린 해멀스를 만나서 내일 경기의 선발 등판을 부탁할 가능성이 높다고 막 판단했을 때였다.

지이잉. 지이잉.

숙소 탁자 위에 올려두었던 태식의 휴대전화가 진동했다. 그리고 발신자 번호를 확인한 태식이 표정을 굳혔다.

*   *   *

"어서 오십시오."

태식이 개량 한복을 입은 종업원들의 정중한 인사를 받으며 고급 한정식집 안으로 들어섰다.

"김태식입니다."

카운터로 다가간 태식이 이름을 밝히자, 종업원이 앞장서서 가장 안쪽에 위치한 방으로 안내했다.

"손님 도착하셨습니다."

안내와 기별이라는 임무를 마친 종업원이 돌아가고 난 후, 태식이 문을 열고 방 안으로 들어섰다.

"좀 늦었습니다."

"나도 방금 도착했어. 어서 앉아."

"네."

이철승 감독이 권한 대로 맞은편 좌석에 앉은 태식이 의아한 시선을 던졌다.

"왜 감독실이 아니라 여기로 부르셨습니까?"

이미 늦은 시간이었다.

게다가 아주 중요한 일전이었던 마경 스왈로우스와의 대결을 진두지휘하느라 진을 뺏기 때문일까.

이철승 감독의 얼굴에는 피곤한 기색이 역력히 묻어났다.

해서 태식이 질문을 던지자, 이철승 감독이 대꾸했다.

"지겨워서."

"네?"

"감독실에 혼자 앉아 있으니까 잡생각만 자꾸 나고 가슴도 답답하더라고. 그래서 일부러 밖으로 나왔어."

하소연을 하며 길게 한숨을 내쉰 이철승 감독이 박색의 술이 담긴 사기잔을 들어 단숨에 비워냈다.

그 모습을 물끄러미 지켜보던 태식이 쓰게 웃었다.

이제 불과 하루도 남지 않은 심원 패롯스와 대승 원더스의 정규 시즌 최종전.

심원 패롯스의 가을 야구 진출 여부를 결정짓게 될 마지막 경기를 앞두고 있는 이철승 감독은 초조할 터였다.

또, 필사적으로 승리할 수 있는 비책을 찾고 있을 것이었다.

그렇지만 현재 심원 패롯스는 선발투수조차 확정할 수 없을 정도로 어려운 상황이었다. 그리고 상대는 한국 시리즈 직행 티켓을 확보하기 위해서 총력전을 펼칠 리그 최강팀 대승 원더스였다.

'과연 비책을 찾아낼 수 있을까? 아니, 비책이 있긴 한 걸까?'

이런 생각까지 들 정도이니 더 말해 무엇 할까.

어쩌면 존재하지도 않을 비책을 찾아내기 위해 고심에 고심을 거듭하고 있는 이철승 감독이 안쓰럽게 느껴질 정도였다.

해서 태식이 술이 담긴 주전자를 들었다.

"제가 한 잔 따라 드리겠습니다."

"그거 좋지."

이철승 감독이 환하게 웃으며 앞으로 내밀고 있는 빈 잔에 태식이 박색의 술을 가득 채웠을 때였다.

"실은 이곳에서 만나자고 한 이유가 따로 있다."

"무슨 이유입니까?"

"보안."

"보안… 이요?"

"내일 경기에서 우리 팀이 이길 수 있는 비책을 지금 밝힐 거거든. 그래서 보안이 무척 중요해."

마치 극비로 분류된 정보를 다루는 첩보 요원처럼 이철승 감독이 잔뜩 목소리를 낮춘 채 말했다.

그렇지만 태식은 이철승 감독이 방금 본인의 입으로 밝혔던 이유를 납득하기 어려웠다.

"감독실에서 만나서 대화를 하면 보안이 유지되지 않는 겁니까?"

"뭐, 꼭 그런 건 아니지만… 조심해서 나쁠 건 없다는 차원이지. 원래 외부의 적보다 내부의 적이 더 무서운 법이니까."

"네? 네."

무심코 고개를 끄덕이던 태식이 이내 고개를 갸웃했다.

이철승 감독의 말에 어폐가 있다는 것을 알아챘기 때문이다.

해서 태식이 다시 입을 뗐다.

"저도 심원 패롯스 소속 선수입니다."

"응?"

"감독님 말씀대로라면 저도 내부의 적 가운데 한 명입니다."

"하하! 그런 셈인가?"

파안대소를 터트리던 이철승 감독이 고개를 흔들었다.

"넌 좀 달라."

"뭐가 다른 겁니까?"

"예외라고 하면 될까?"

"왜 저만 예외입니까?"

"그건 네가 지금부터 내가 밝힐 비책의 핵심이거든."

'내가 감독님이 찾아내신 비책의 핵심이다?'

쿵. 쿵. 쿵.

그 이야기를 들은 순간, 태식의 가슴이 뛰기 시작했다. 그리고 이철승 감독이 찾아낸 비책이 무엇인지 궁금해졌다.

"아까 말씀하신 비책 말입니다. 대체 뭡니까?"

태식이 질문하자, 이철승 감독이 술잔을 비운 후 대답했다.

"비장의 무기."

"네?"

"잘했다."

"갑자기 무슨 말씀이신지……?"

이철승 감독과의 대화.

도무지 종잡을 수 없는 방향으로 흘러가서 제대로 알아듣기 어려웠다. 그래서 태식이 난감한 표정을 지었을 때였다.

"비장의 무기는 최대한 감추면 감출수록 위력이 극대화된다. 지난번에 내가 이렇게 말했었잖아. 기억나?"

"네, 기억하고 있습니다."

"내가 했던 충고를 충실히 이행해서 잘했다고 칭찬했던 거야."

"혹시… 유인구를 던지지 않았던 것을 말씀하시는 겁니까?"

"맞아."

"……"

"덕분에 내 계획이 어그러지지 않았다."

"어떤 계획이 어그러지지 않았다는 말씀이십니까?"

"우리 팀의 비장의 무기를 정규 시즌 최종전의 선발투수로 투입하는 계획."

'비장의 무기? 선발투수? 설마……?'

이철승 감독이 대답을 꺼냈지만, 태식은 바로 알아듣지 못했다.

잠시 시간이 흐른 후에야 태식은 이철승 감독이 방금 꺼낸 대답 속에 담긴 의미를 간신히 알아채는 데 성공했다.

'감독님이 비장의 무기라고 지칭했던 것은 나였고, 비장의 무

기가 내일 경기의 선발투수로 출전한다고 했으니까…….'

"설마… 제가 내일 경기의 선발투수로 나서는 겁니까?"

"맞아."

설마 했던 것이 진짜 현실이 됐다는 사실을 뒤늦게 깨달은 태식이 당혹스러운 기색을 감추지 못했다.

심원 패롯스의 운명이 걸린 정규 시즌 최종전.

아니, 심원 패롯스의 운명만 걸려 있는 것이 아니었다.

정규 시즌 최종전은 이철승 감독의 운명과 태식의 운명도 송두리째 바꿔놓을 수 있는 무척 중요한 경기였다.

'그런 중요한 경기의 선발투수로 나선다?'

이건 전혀 예상하지 못했던 상황이었다. 그래서 태식의 말문이 일순 막혀 버린 순간, 이철승 감독이 물었다.

"왜? 자신 없어?"

"그건 아니지만……."

"그런데 반응이 왜 그래?"

"왜 하필… 저입니까?"

"이유는 간단해."

"……?"

"네가 현재 우리 팀 투수들 가운데 가장 구위가 좋으니까. 가장 폼이 좋은 투수를 중요한 경기의 선발투수로 올리는 것, 당연한 거잖아."

이철승 감독이 마치 당연하다는 듯이 대꾸했다. 그렇지만 태식은 침착함을 유지하기 어려웠다.

'농담이 아냐!'

태식이 혀를 내밀어 바싹 말라 버린 입술을 훑었다.

지금 마주앉아 있는 이철승 감독의 표정.

무척 진지했다.

그 진지한 표정이 농담을 던지고 있는 것이 아니라는 증거였다.

비로소 실감이 나기 시작한 순간, 갈증이 치밀었다. 그래서 태식이 잔을 들어 냉수를 한 모금 마시고 내려놓은 순간, 이철승 감독이 물었다.

"놀랐어?"

"좀… 아니, 솔직히 많이 놀랐습니다. 전혀 예상하지 못했었거든요."

"나도 몰랐다."

"네?"

"널 선발투수로 올리게 될 날이 찾아올 줄은 전혀 예상치 못했었거든. 그런데… 아직 놀라긴 너무 이르다."

"더 놀랄 일이 남았습니까?"

"맞아."

"뭡니까?"

이철승 감독이 대답했다.

"타석에도 들어설 거야."

'타석에도 들어선다?'

아까 이철승 감독이 했던 말이 옳았다.

대승 원더스와의 정규 시즌 최종전에 선발투수로 등판하게 될 것이라는 통보를 받은 것만으로도 충분히 놀라웠다.

그래서 더 놀랄 일이 없을 거라 생각했는데.

선발투수로 나서는 것으로 모자라 타석에도 들어설 것이라는 이야기를 전해 들은 순간, 태식의 머릿속은 폭탄이 터진 것처럼 엉망진창으로 변했다.

그리고 잠시 뒤.

태식이 머릿속으로 떠올린 것은 조금 전에 이철승 감독이 입에 올렸던 보안이라는 단어였다.

선발투수 겸 5번 타자로서 정규 시즌 최종전에 출전하는 것.

당사자인 태식이 이철승 감독에게서 통보를 받고 이렇게 놀란 상황인데, 상대 팀은 얼마나 놀라게 될까.

정규 시즌 최종전 상대인 대승 원더스의 정재영 감독은 물론이고 선수들까지 혼란에 빠뜨리기에 충분할 터였다.

'시간!'

그리고 이철승 감독이 보안에 각별히 신경을 쓰는 이유도 짐작이 갔다.

바로 시간 때문이었다.

내일 열릴 예정인 정규 시즌 최종전!

심원 패롯스에게만 중요한 경기가 아니었다.

정규 시즌 우승은 물론이고, 한국 시리즈 직행 티켓도 걸려 있는 만큼 대승 원더스 입장에서도 가장 중요한 경기였다.

그러니 대승 원더스의 정재영 감독도 당연히 정규 시즌 최종 전 상대인 심원 패롯스의 전력에 대해서 철저히 분석을 하면서 대비책을 마련하고 있을 터였다.

그런 그가 가장 궁금해하고 있을 부분.

어떤 부분일지 능히 짐작할 수 있었다.

바로 내일 경기에 어떤 선수가 심원 패롯스의 선발투수로 나설까 여부일 터였다.

유력한 선발투수 후보였던 김혁이 지난 경기에 불펜 투수로 등판해 많은 이닝을 소화하면서 내일 경기에 선발투수로 등판하는 것이 어려워진 상황.

정재영 감독도 지금쯤 머릿속이 복잡할 터였다.

모르긴 몰라도 일단 심원 패롯스의 선발투수 후보군을 추리는 것부터 어려움을 겪을 것이었다.

'불과 조금 전까지만 해도… 나 역시 마찬가지였지!'

용덕수와 의견을 나누었을 때, 태식도 내일 경기 선발투수가 누가 될지 전혀 감을 잡지 못했었다.

그나마 가장 유력한 선발투수 후보로 떠올렸던 것이 윌린 해멀스였다. 그리고 정재영 감독도 비슷한 결론을 도출했을 가능성이 높았다.

비록 사흘밖에 휴식을 취하지 못한 채로 다시 등판하게 되는 것이지만, 현재 심원 패롯스에서 가장 믿을 수 있는 투수가 윌린 해멀스였기 때문이다.

또 마땅한 대안도 없는 상황이라고 판단했을 것이기 때문이다.

그러나 이철승 감독의 선택은 달랐다.

이철승 감독은 대안을 미리 마련해 두었고, 고심 끝에 월린 해멀스가 아닌 태식을 내일 경기 선발투수로 낙점했다.

'허를 찌르기 위해서야!'

월린 해멀스가 선발투수로 등판할 것을 염두에 두고 했던 본인의 분석이 빗나갔다는 사실을 뒤늦게 깨닫게 된다면?

대승 원더스의 정재영 감독은 무척 당황할 터였다.

또, 투수 김태식과 타자 김태식은 달랐다.

타자 김태식과 달리 투수 김태식은 알려진 것이 거의 없는 상황.

미지의 생명체나 다름없는 탓에 감히 분석조차 불가능한 태식으로 인해 막막함을 느낄 가능성이 높았다.

'비책… 이라!'

태식이 고개를 끄덕였다.

이철승 감독이 찾아낸 비책.

분명히 예상 범위를 훌쩍 벗어나 있었긴 했지만, 나쁘지 않다는 생각이 들었다.

"감독님."

"말해."

"언제… 부터였습니까?"

"뭐가 말이지?"

"저를 내일 경기의 선발투수로 내보내겠다고 결심하신 것 말입니다."

"네가 여울 데블스와의 경기에 투수로 나서서 세이브를 올렸을 때부터 염두에 두기 시작했다."

"……."

"혁이로는 어렵다고 판단했거든."

선발투수로 나선 김혁을 통해서 좋은 결과를 얻기는 어렵다.

가진바 실력 이전에 몸에 맞지 않는 옷을 입힌 셈이기 때문이다.

이철승 감독 역시 이미 김혁을 몇 차례 선발투수로 등판시켜서 시험을 해보았지만, 당시 결과는 좋지 않았다.

이것이 이철승 감독이 김혁을 선발투수로 내세워서는 어렵다고 확신한 근거.

태식의 생각도 별반 다르지 않았다.

"그래서였군요."

"응?"

"오늘 경기에서 저를 투수로 투입하는 것을 최대한 늦추신다는 느낌을 받았습니다."

"네 느낌이 맞다."

"그럼?"

"그래. 이미 그때 널 내일 경기의 선발투수로 낙점했기 때문에 최대한 너를 투입하는 것을 미루었다. 좀 더 솔직하게 말하면 추가점을 올리는 데 성공해서 네가 9회에 마운드에 올라가지 않기를 바랐었다."

태식이 품고 있던 의문이 비로소 풀렸다.

양동주가 강판된 후 김혁을 내보낸 것.

김혁이 위기에 몰렸을 때 바로 태식을 올리지 않고 계속 김혁에게 마운드를 맡기면서 최대한 길게 끌고 갔던 것.

당시에는 이철승 감독의 선택을 이해하기 어려웠다.

그래서 자신을 믿지 못하기 때문이 아닐까 하는 생각도 했었는데.

오해였다.

이철승 감독이 태식의 투입을 미뤘던 진짜 이유.

투수 김태식의 능력을 믿지 못해서가 아니었다.

당시에 이미 태식을 내일 경기의 선발투수로 염두에 두고 있었기 때문에 최대한 늦게 마운드에 올렸던 것이다.

"감독님. 제가… 잘할 수 있을까요?"

"잘할 수 있을 거야."

"하지만……."

"내 눈을 믿는다."

"……?"

"내가 직접 본 너는 좋은 투수였다. 아니, 고작 좋은 정도가 아니라 리그 최고 수준의 투수였다."

이철승 감독이 확신에 찬 목소리로 말했다.

'리그 최고 수준의 투수!'

태식이 그 말을 속으로 되뇌이고 있을 때, 이철승 감독이 빈

술잔을 앞으로 내밀었다.

비어 있는 잔을 채워주기 위해서 태식이 술 주전자로 손을 뻗을 때였다.

"한 잔 받아라."

"네?"

태식이 의아한 시선을 던졌다.

이전에도 이철승 감독이 술을 권했던 적이 있었다.

그때마다 태식은 술을 입에 대지 않는다고 대답하며 번번이 거절했었다.

그러니 이철승 감독도 태식이 어지간해서는 술을 마시지 않는다는 사실을 잘 알고 있을 터였다.

그럼에도 불구하고 이철승 감독은 지금 술을 권하고 있었다.

"깜박하셨나 봅니다. 저는 술을……."

"안 잊었어."

"네?"

"술을 자제하고 있다는 것 알고 있다고."

"그런데 왜……?"

"술을 권하냐고?"

"네."

"오늘이 마지막일지도 모른다는 생각이 들어서."

'마지막?'

이철승 감독이 불쑥 입 밖으로 내뱉은 마지막이란 단어를 듣는 순간. 태식은 가슴이 철렁 내려앉는 느낌을 받았다.

"그게… 무슨 말씀이십니까?"

"한 팀의 감독과 선수로서 술자리를 갖는 것은 오늘이 마지막일지도 모르겠다는 생각이 불쑥 들었어."

"감독님!"

"그러니까 한 잔만 받아."

"네, 알겠습니다."

더 거절하기 힘들었다.

태식이 손을 뻗어 이철승 감독이 내밀고 있는 술잔을 받아들었다.

쪼르륵.

이철승 감독이 빈 잔을 채워주며 입을 뗐다.

"김태식! 이거 하나는 명심해라."

"말씀하십시오."

"책임은 내가 진다."

"……"

"너를 선발투수로 낙점한 것. 내가 내린 선택이니까, 그에 대한 책임도 내가 진다. 그러니까 넌 부담 갖지 말고 마음껏 던지면 돼. 알았어?"

"싫습니다."

"응?"

"감독님의 기대에 부응하겠습니다. 잘 던지겠습니다."

"그럼 더 좋고."

이철승 감독이 환하게 웃으며 대답했다.

태식이 박색의 술이 담긴 사기잔을 입으로 가져갔다.

이철승 감독이 일부러 지금의 자리를 마련한 이유.

또, 이런 이야기들을 꺼내는 이유.

충분히 짐작할 수 있었다.

'미안한 거야!'

심원 패롯스의 가을 야구 진출이 걸려 있는 정규 시즌 최종전.

가장 중요한 경기에 태식에게 선발투수라는 중책을 맡겨 커다란 부담을 안긴 것에 이철승 감독은 미안한 마음을 갖고 있었다.

실제로 이철승 감독에게서 내일 경기의 선발투수로 나설 것이라는 통보를 받고 나서 태식이 느낀 부담은 엄청났다.

그렇지만.

태식은 이내 생각을 고쳐먹었다.

'내가… 원했던 것이 아닌가?'

다시 마운드에 서고 싶었다.

그리고.

기왕이면 무척 중요한 경기에서 마운드에 오르고 싶었다.

'위기는 곧 기회!'

만약 선발투수로 나서는 내일 경기에서 부진한 모습을 보인다면 팬들은 엄청난 비난을 쏟아낼 터였다.

또, 심원 패롯스가 가을 야구 진출에 실패한 것에 대한 원인과 책임을 태식에게 전가하려 할 터였다.

그렇지만 내일 경기에서 선발투수로 나서서 무척 인상적인 투구를 펼친다면, 상황은 달라질 것이었다.

게다가 내일 경기에 태식은 선발투수로서의 임무만 부여받은 것이 아니었다.

타석에도 들어섰다.

가을 야구에 진출하는 팀이 결정될 뿐만 아니라, 한국 시리즈 직행 티켓의 주인도 가려지는 중요한 경기.

그런 이유로 수많은 야구팬들의 관심이 쏠려 있는 내일 경기에서 투타에서 맹활약을 펼치며 팀을 승리로 이끈다면?

김태식이라는 이름 석 자를 야구팬들에게 강렬하게 각인시킬 수 있는 절호의 기회이기도 했다.

'해보자. 아니, 할 수 있다!'

태식이 막 각오를 다졌을 때였다.

"김태식!"

"네, 감독님."

"내일 경기의 결과와 상관없이 이 말을 꼭 하고 싶었다."

"어떤 말씀이십니까?"

이철승 감독이 환한 미소를 머금은 채 대답했다.

"트레이드를 통해서 너를 우리 팀에 영입했던 것 말이야. 내 감독 인생에서 가장 잘한 선택이었다."

*　　　*　　　*

후텁지근했던 낮 공기와 달리, 밤공기는 서늘했다.

꼬르륵.

선선하게 불어오는 밤바람을 맞으면서 숙소로 걸어가던 태식이 쓰게 웃었다.

이철승 감독은 내일 경기에서 투수로도, 또 타자로도 나서는 만큼 평소보다 두 배의 몫을 해야 하니 많이 먹으라고 말했다.

그렇지만 태식은 깨작이기만 했다.

음식의 맛이 형편없어서가 아니었다.

부담과 중압감이 밀려들어서 입안이 까끌했기 때문이다.

"억지로라도 먹을 걸 그랬나?"

태식이 살짝 후회하며 걸음을 옮기고 있을 때, 누군가가 앞을 막아섰다.

인기척을 느끼고 고개를 들었던 태식의 눈이 커졌다.

"어, 지수야!"

"잘 지냈죠?"

"네가 여긴 어떻게……?"

이곳에서 만나게 될 것이라고 예상치 못했던 지수와 맞닥뜨린 순간, 반가움과 의아함이 동시에 밀려들었다.

영화 촬영 스케줄 때문에 지수는 외국으로 출국했다. 그리고 태식이 기억하기로 지수가 영화 촬영 스케줄을 마치고 입국하는 것은 사흘 후였다.

태식이 의아한 시선을 던지고 있을 때, 지수가 생긋 웃으며 대답했다.

"예정보다 촬영 스케줄이 조금 일찍 끝났거든요."

"그랬구나."

비로소 의문이 풀린 태식이 고개를 끄덕일 때였다.

"역시 이럴 줄 알았어."

"응? 무슨 소리야?"

"순순히 믿을 줄 알았다고요."

"그게… 무슨 뜻이야?"

"태식 씨는 잘 모르겠지만, 아주 특별한 경우가 아니라면 영화 촬영 스케줄이 예정보다 일찍 끝나지 않아요. 특히 예산이 많이 소요되는 해외 로케이션 촬영일 경우에는 더욱 그렇죠."

"……?"

"예정보다 일찍 촬영을 마칠 수 있었던 것, 제가 잠자는 시간까지 쪼개가면서 열심히 촬영에 임했기 때문이에요. 제 말, 무슨 뜻인지 아시겠어요?"

"잘 모르겠는데."

영화 촬영이 어떤 식으로 진행되는지에 대해서는 잘 알지 못했기에, 지수가 한 말뜻을 제대로 이해하기 어려웠다. 그래서 태식이 머리를 긁적이며 대답하자, 지수가 답답한 표정으로 다시 말했다.

"내일 경기 때문에 일부러 촬영을 빨리 마쳤다는 뜻이에요."

"그러니까… 내일 열리는 경기를 직접 관전하기 위해서 일부러 촬영을 서둘러 마치고 귀국했다는 거야?"

"이제야 제대로 이해했네. 다크 서클 내려앉은 것 보이죠?"

태식의 얼굴 앞으로 지수의 얼굴이 불쑥 다가왔다.

그로 인해 살짝 당황하긴 했지만, 태식은 뒤로 물러나지 않
았다.

오랜만에 맡는 지수의 체취가 그리웠기 때문이다. 또, 한동
안 만나지 못했던 지수의 얼굴을 가까이서 보고 싶어서였다.

"왜 그랬어?"

"중요한 경기니까요."

"……?"

"직접 경기장을 찾아와서 관전하지는 못했지만, 저도 경기
영상과 기사를 꾸준히 찾아봤어요."

"그랬어?"

"네. 그래서 내일 경기가 얼마나 중요한지 정도는 알아요."

"내일 경기가 중요하다는 것을 알고 나서, 직접 응원하기 위
해서 촬영 스케줄까지 당기면서 귀국했다?"

"맞아요. 저, 잘했죠?"

"잘했네. 벌써 힘이 나는 것 같은데."

태식이 웃으며 말했다.

그냥 해본 빈말이 아니었다.

중요한 경기를 앞두고 있는 자신을 응원하기 위해서 영화 촬
영 스케줄까지 앞당기며 귀국을 서두른 지수의 마음 씀씀이가
고마웠다.

또, 생긋 웃고 있는 지수의 모습을 보고 나자, 벌써 힘이 나는 느낌이었다.

'응?'

그래서 환하게 웃던 태식이 고개를 갸웃하면서 휴대전화를 꺼내 살폈다.

꼼꼼히 살펴보았지만 휴대전화에는 부재중 전화도 걸려와 있지 않았고, 확인하지 않은 문자도 없었다.

"그런데… 왜 연락을 안 했어?"

지수가 아무런 연락도 없이 숙소 앞에서 기다리고 있었다는 사실을 뒤늦게 깨달은 태식이 물었다.

"방해가 될까 봐 일부러 연락 안 하고 찾아왔어요."

"방해?"

"시간이 많이 늦었잖아요."

"그러다가 날 못 만나면? 지금이야 마침 내가 약속이 있어서 밖에 나왔다가 숙소로 돌아가는 길이어서 이렇게 만났지만, 그렇지 않았다면 날 만나지 못하고 그냥 돌아갈 수도 있었잖아?"

"만약 못 만나면 그냥 돌아가려고 했어요."

지수는 대수롭지 않게 대꾸했다.

그렇지만 태식은 담담할 수 없었다.

새삼 지수의 세심한 마음 씀씀이와 배려가 느껴져서 태식이 희미한 웃음을 머금었을 때였다.

"멋있었어요."

"응?"

"야수 김태식도 멋있었지만, 투수 김태식은 더 멋있던데요."

"그랬어? 고맙다."

"덕분에 아빠 생각이 났어요."

"무슨 소리야?"

"예전에 아빠가 태식 씨를 보면서 그랬거든요. 머잖아 대한 민국을 대표하는 투수가 될 거라고."

"그런 말씀을 하셨어?"

"네. 아마 하늘에 계신 아빠도 태식 씨가 마운드에 선 모습을 보고 무척 기뻐하셨을 거예요."

지수가 웃으며 꺼낸 말을 들은 태식이 화답했다.

"다행이네."

"뭐가요?"

"내일은 더 기뻐하실 것 같거든."

"그게 무슨 소리에요?"

"투수 김태식을 좀 더 오래 지켜보실 수 있을 테니까."

"……?"

"곧 알게 될 거야."

태식이 씩 웃으며 말했다. 그리고 자세한 설명을 더하지 않았지만, 지수는 그에 관해 더 캐묻지 않았다.

대신 아까부터 한쪽에서 대기하고 있던 모범택시를 힐끗 살핀 후 말했다.

"이제 갈게요."

"벌써?"

"너무 늦었으니까요."

지수가 영화 촬영 때문에 꽤 오래 외국에 나가 있었던 터라 무척 오래간만에 만나는 것이었다.

이렇게 빨리 헤어지는 것이 못내 아쉬웠다. 그래서 태식이 아쉬운 기색을 드러냈지만, 지수는 단호했다.

"아까도 말했듯이 방해하고 싶지 않아요. 이렇게 얼굴을 봤으니까 됐어요. 그리고 내일 경기, 잘하세요."

"고맙다."

태식이 마지못해 대답했을 때, 지수가 퍼뜩 떠오른 듯 말했다.

"참, 덕수 씨는 잘 지내죠?"

"덕수? 그럭저럭 잘 지내지."

"덕수 씨한테도 안부 전해주세요."

"그래."

"그리고 덕수 씨한테 기대하라고 전해주세요."

"무슨 기대?"

"제가 선물을 하나 준비했거든요."

태식이 의아한 시선을 던졌지만, 지수는 더 이상 자세한 설명을 해주지 않고 모범택시에 올라탔다.

부우웅.

지수를 태운 모범택시가 사라지고 난 후에도 태식은 걸음을 옮기지 못했다.

무척 짧았던 지수와의 만남.

꼭 한바탕 꿈을 꾼 것처럼 느껴졌기 때문이다.

짧았던 만남이 남긴 강렬한 여운을 느끼며 한참을 더 길 위에 서 있던 태식이 천천히 숙소로 걸음을 옮겼다.

15. 파격 라인업

〈심원 패롯스 선발 라인업〉
1번. 이종도
2번. 임현일
3번. 최순규
4번. 이명기
5번. 김태식
6번. 김대희
7번. 임태규
8번. 용덕수
9번. 헨리 소사
피처: 김태식

정규 시즌 최종전을 앞두고 이철승 감독이 선발 라인업을 발표했다.

단지 경기를 앞두고 선발 라인업을 발표했을 뿐이었지만, 금세 팬들의 뜨거운 관심을 불러일으켰다.

말 그대로 파격적인 선발 라인업이었기 때문이다.

'심원 패롯스 파격 선발 라인업'이 포털 사이트의 실시간 검색어 순위 1위를 차지했을 정도이니 더 말해 무엇 할까.

당연히 앞다투어 기사들이 쏟아졌다.

─선발투수 김태식? 레알?

─이거 실화냐?

─이거 오타 아니냐?

─투타 겸업?

─내가 지금 메이저리그를 보고 있는 거냐?

─야구팬 생활만 30년인데 이런 라인업을 보게 될 줄이야!

그리고 기사의 아래에 달린 댓글들도 빠르게 늘어났다.

또, 대부분의 댓글들 말미에 물음표나 느낌표가 붙어 있을 정도로 이철승 감독이 발표한 선발 라인업은 큰 파장을 일으켰다.

"헐, 대박!"

미리 경기장에 도착해 있던 송나영이 이철승 감독이 발표한 선발 라인업을 확인한 후, 혀를 내둘렀다.

야구팬들만이 아니었다.

술렁술렁.

함께 모여 있던 기자들까지 충격에 빠뜨렸을 정도로 이철승 감독이 발표한 라인업은 파격 그 자체였다.

올 시즌 단 2이닝.

그것도 마무리 투수로 두 차례 마운드에 올랐던 것이 전부였던 김태식을 오늘 경기의 선발투수로 낙점한 것만도 놀라운 일이었는데.

이철승 감독은 지명타자를 활용하지 않았다.

대신 선발투수로 경기에 출전하는 김태식을 타석에 내보냈다.

감히 어느 누구도 예상치 못했던 파격적인 선택.

"이래서였구나!"

송나영이 작게 고개를 끄덕였다.

어제 경기가 끝나고 나서 김태식과 잠시 통화를 했었다.

승리를 축하하는 말을 건네면서 겸사겸사 정규 시즌 최종전에 나서게 될 심원 패롯스의 선발투수가 대체 누구인지에 대해 넌지시 물었었다.

그렇지만 김태식은 끝내 알려주지 않았었는데.

이제야 비로소 그 이유가 이해가 됐다.

그리고.

자신에게 선발투수에 대한 정보를 건네주지 않았던 김태식에게 서운한 마음이 들지는 않았다.

오히려 당연하다는 생각이 들었다.

모두의 예상을 빗나가게 만든 파격 선발 라인업은 최대한 늦게 공개될수록 그 효과가 더욱 클 터였으니까.

"대단하네!"

그라운드에 모습을 드러낸 이철승 감독을 바라보며 송나영이 혼잣말을 꺼냈다.

이철승 감독이 좋은 감독이라는 것은 익히 알고 있었다. 그러나 그가 감독으로서 좋은 평가를 받는 이유는 지나치게 경기에 개입하지 않고 예상 가능한 범주 내에서 경기를 무난하게 잘 이끌어 나가기 때문이었다.

파격이란 단어와 이철승 감독.

전혀 어울리는 조합이 아니었는데.

오늘만큼은 예외였다.

이철승 감독은 파격적인 카드를 꺼내 들고 오늘 경기에 나섰다. 그리고 절대 쉬운 결정은 아니었을 터였다.

만약 오늘 경기처럼 중요한 경기에 파격적인 카드를 꺼내 든 것이 좋지 않은 결과로 귀결된다면?

그 후폭풍은 절대 만만치 않을 터였다. 그리고 이철승 감독도 그것을 모를 리 없었다.

"많이 변하셨네!"

해서 송나영이 혀를 내두르고 있을 때, 그녀의 귓가로 낯익은 목소리가 파고들었다.

"이거 뭐야?"

송나영이 낯익은 목소리를 듣고서 황급히 고개를 돌렸다.

"캡!"

경기장에 유인수가 모습을 드러낸 것을 발견한 송나영이 두 눈을 크게 치켜떴다.

"왜 그렇게 봐?"

송나영이 던지는 의아한 시선을 확인한 유인수가 쏘아붙였다.

"캡이 여긴 웬일이세요?"

"왜? 내가 못 올 데 왔어?"

"그건 아니지만……."

"그리고 명색이 기자인데 질문 수준이 왜 그 모양이야?"

"네?"

"내가 야구장에 왜 왔겠어? 야구 보러 왔지."

유인수가 심드렁한 표정으로 다시 쏘아붙였다.

틀린 말은 아니었다.

야구장에 찾아오는 이유는 하나.

야구를 관람하기 위해서였으니까.

그럼에도 송나영이 의아한 시선을 거두지 못한 이유는 지금 야구장에 모습을 드러낸 유인수가 그만큼 낯설었기 때문이다.

데스크를 책임지는 직책에 오르고 난 후, 유인수는 거의 야구장을 찾아가지 않았다. 그리고 유인수가 야구장을 찾지 않았던 이유는…….

"재미없어!"

예전 회식 자리에서 유인수에게 야구장을 찾아가지 않는 이유에 대해서 물었던 적이 있었다.

그때 유인수가 꺼냈던 대답이었다.

"경기가 어떻게 흘러갈지, 누가 이길지 뻔히 보이는데 재미가 있겠어? 그러니 굳이 발품까지 팔아가면서 야구장에 찾아갈 필요가 없잖아?"

당시에 유인수가 덧붙였던 이유를 떠올리는 데 성공한 송나영이 두 눈을 빛내며 다시 질문을 던졌다.

"야구가 재미없으시다면서요? 그래서 야구장에 찾아오지 않는 거라고 하셨잖아요?"

"그렇게 말했지."

"그런데요?"

"오늘 경기는 좀 다르잖아."

"뭐가 다른데요?"

"예측이 안 되거든."

유인수가 두 눈을 빛내며 대답을 마친 후 비어 있던 송나영의 옆자리에 털썩 주저앉으며 불평을 토해냈다.

"이게 다 김태식이 때문이야."

"네?"

"김태식이 말이야. 자꾸 내 예측을 빗나가게 만들고 있거든."

유인수가 살짝 언성을 높인 순간, 송나영이 물었다.

"지금 화내시는 거예요?"

"누가? 내가?"

"방금 목소리 높이셨잖아요? 딱 까놓고 말해서 김태식 선수가 잘한다고 해서 캡이 화를 낼 이유는 없잖아요?"

"오해야."

"무슨 오해요?"

"김태식한테 화낸 거 아니라고."

"그럼요?"

"나한테 화를 낸 거야."

"……?"

"자꾸 예측이 빗나가니까 확 짜증이 나더라고."

큼. 큼.

헛기침을 한 유인수가 다시 입을 뗐다.

"내 입장에서는 김태식한테 화를 내는 게 아니라 칭찬을 해도 모자라지. 김태식 덕분에 야구가 다시 재밌어졌으니까."

"그건 그렇죠."

"김태식같이 내 예측을 빗나가는 선수들이 많아져야 야구 인기가 더 올라가고 우리 신문 판매고도 올라가거든."

유인수가 말을 마친 순간, 송나영이 뺨을 부풀린 채 입을 뗐다.

"우리 신문 판매고는 올라가도, 제 월급은 안 오르죠."

"송 기자!"

"네?"

"불만을 쏟아낼 방향을 잘못 잡았다."

"……?"

"그 불만은 사장님 앞에서 해. 나도 월급쟁이인 건 마찬가지거든."

매섭게 쏘아붙인 유인수가 다시 입을 뗐다.

"어쨌든 아직 경기가 시작하기 전인데도 불구하고 벌써 재밌잖아. 심원 패롯스의 이철승 감독이 선발 라인업만 발표했을 뿐인데 어지간한 경기보다 더 재밌어."

"어떻게 될까요?"

"그거야 심원 패롯스의 선발투수로 나서는 김태식이 어떤 투구를 하느냐에 따라 경기 양상이 달라지겠지."

"그건 누구나 할 수 있는 빤한 얘기잖아요. 캡다운 예측을 해보세요."

"진짜 모르겠어."

"네?"

"요새 김태식이 때문에 내 예측이 자꾸 빗나간다고 그랬잖아."

진짜 자신 없다는 기색으로 고개를 좌우로 내젓던 유인수가 잠시 뒤 두 눈을 가늘게 좁혔다.

"어! 저 인간이 왜 여기 있지?"

"누구요?"

"박순길 단장 말이야."

유인수가 턱짓으로 한쪽을 가리켰다.

잠시 뒤 관중석에 앉아 있는 박순길 단장을 발견하는 데 성공했지만, 송나영은 고개를 갸웃하며 다시 물었다.

"그게 왜 이상해요? 심원 패롯스의 가을 야구 진출이 걸린 중요한 일전이니 단장이 직접 찾아와서 보는 게 오히려 당연한 것 아닌가요?"

"네 말대로 당연한 일이지. 그런데……."

"그런데 뭐요?"

"저놈이 박순길 단장과 함께 있다는 게 문제야."

"누구와 함께 있는데 그러세요?"

송나영이 재차 질문을 던지자, 유인수가 대답했다.

"장원우 감독!"

"장원우?"

송나영이 고개를 갸웃했다.

장원우란 이름이 낯설었기 때문이다.

'내가 모르는 사람인가?'

송나영도 기자로서 꽤 경력이 쌓인 편이었다. 그래서 야구와 관련된 어지간한 사람들은 다 꿰고 있었다.

그렇지만 장원우란 이름은 들어본 적이 없었다.

한참 기억을 더듬으며 애를 쓰던 송나영이 이내 포기하고 유인수에게 물었다.

"장원우가 누군데요?"

"몰라?"

"모르겠는데요."

"하긴 모를 수도 있겠구만. 프로야구 무대에서 자취를 감춘 지 벌써 꽤 오래 됐으니까. 지금은 뭘 한다고 했더라? 그래, 아마 지방 어느 고등학교 야구부 감독을 맡고 있을 거야. 어쨌든… 박쥐 같은 놈이야."

송나영이 유인수를 새삼스레 바라보았다.

꽤 오랫동안 곁에서 지켜본 유인수는 좀처럼 남의 험담을 하는 사람이 아니었기 때문이다.

"왜 그렇게 봐? 내가 험담하니까 이상해? 욕 먹어도 싼 놈이야."

"무슨 일이 있었는데요?"

"야구인이 아니라 정치인에 가깝거든."

"네?"

"그러니까 실력보다 권모술수에 능한 놈이란 뜻이지. 예전 청우 로얄스 코치 시절에 선수가 아니라 단장과 주로 어울렸지. 그리고 단장과 짝짜꿍해서 당시 감독을 쫓아내고 감독 대행 자리를 꿰찼던 게 바로 장원우야."

"그런 일이 있었어요?"

"물론 오래 버티지는 못했어. 내 기억이 틀리지 않다면 석 달도 채우지 못하고 잘렸을 거야. 감독 대행으로 팀을 이끌어 나갈 정도의 실력이 없었으니까 당연한 결과였지. 단장한테 계속 휘둘리기도 했고. 어쨌든 내가 마음에 걸리는 건 저 박쥐 같은 놈이 박순길 단장과 함께 있다는 거야."

유인수의 설명이 끝났다.

그리고 그 설명을 모두 듣고 난 후에야 송나영도 비로소 지금의 상황이 심상치 않다는 것을 깨달았다.

"그러니까… 두 사람이 그냥 우연히 함께 있는 것이 아니란 말씀이시죠?"

"내 생각엔 그래."

"짐작이 가는 것도 없으세요?"

"짐작 가는 것? 당연히 있지."

"뭐죠?"

유인수가 대답했다.

"불화설!"

*   *   *

꿀꺽꿀꺽.

용덕수가 생수병을 들어 물을 들이켰다.

단숨에 생수병을 비워 버린 용덕수를 확인한 태식이 눈살을 찌푸렸다.

"그렇게 불안해?"

"네?"

"내가 오늘 경기의 선발투수로 나선다는 것 때문에 불안해서 계속 물을 들이켜는 것 아냐?"

"아닌데요."

"아냐?"

"네. 형은 전혀 걱정 안 하는데요."

용덕수가 두 눈을 껌벅이며 대답했다. 그리고 그 대답을 들은 순간, 태식은 못내 서운한 감정이 들었다.

"왜 걱정 안 해?"

이철승 감독은 오늘 경기 선발 라인업에 대해서 철저하게 함구했다.

그로 인해 심원 패롯스의 팀원들조차도 이철승 감독이 선발 라인업을 발표하고 나서야 태식이 선발투수로 등판한다는 것을 알게 됐다. 그리고 태식이 정규 시즌 최종전의 선발투수로 나선다는 것을 뒤늦게 알게 된 팀원들의 표정은 밝지 않았다.

기대보다는 우려가 컸기 때문이다.

물론 직접적으로 태식의 앞에서 우려를 표현하는 팀원들은 없었다.

그렇지만 태식은 우려가 섞인 팀원들의 표정을 통해서 그들이 걱정하는 것이 무엇인지 짐작할 수 있었다.

'너무 무모한 게 아닐까?'

'선발투수 경험이 없는데 괜찮을까?'

'초반에 와르르 무너지지 않을까?'

비록 입 밖으로 꺼내놓지는 않았지만, 팀원들이 걱정하고 있는 부분들이었다.

그런데 정작 태식과 가장 가까운 사이라고 할 수 있는 용덕수는 전혀 우려나 걱정을 표하지 않고 있었다.

그로 인해 괜히 서운한 마음이 들었을 때였다.

"형은 알아서 잘하시잖아요."

"아무리 그래도……."

"저는 무조건 형을 믿습니다."

"……?"

"형의 공을 직접 받아 보았던 포수이니까요. 또, 형에 대해서 가장 잘 알고 있는 게 저이니까요."

용덕수가 덧붙인 말을 듣고 난 후에야 태식이 느끼고 있던 서운한 감정이 사라졌다.

용덕수가 불안해하지 않는 이유.

태식에 대한 무조건적인 신뢰가 있었기 때문이다.

그 신뢰를 확인하고 희미한 웃음을 머금었던 태식이 이내 고개를 갸웃했다.

'그럼 왜 이렇게 초조해하는 거지?'

경기 시작 전, 연신 생수병을 비우고 있는 용덕수는 초조한 기색이 역력했다.

'오늘 경기의 중압감 때문인가?'

퍼뜩 그런 생각이 머릿속을 스치고 지나갔지만, 태식은 이내 고개를 흔들었다.

이제 용덕수도 어느 정도 경험이 쌓였다.

비록 오늘 경기가 아주 중요한 일전이라고 해도 중압감으로 인해 이렇게까지 초조해할 정도로 생짜 신인은 아니었다.

"덕수야."

"네."

"그런데 왜 그렇게 초조해하는 거지?"

"실은… 궁금해서요."

"뭐가 궁금해?"

"선물이요."

"선물?"

"형수님이 저를 위해서 선물을 준비하셨다고 형이 아까 알려 주셨잖아요. 어떤 선물인지 궁금해서 참기가 어렵네요."

용덕수가 머리를 긁적이며 대답했다.

그 대답을 들은 태식이 헛웃음을 터뜨렸다.

태식이 헛웃음을 터뜨린 이유는 둘.

우선 용덕수가 꺼낸 형수님이란 표현 때문이었다.

또 하나는 만약 오늘이 아니라 어제 이 소식을 전해줬으면 용덕수가 밤새 한숨도 자지 못해서 컨디션 조절에 실패했을 거란 생각이 들어서였다.

"넌 정말……."

태식이 더 참지 못 하고 막 핀잔을 건네려다가 도중에 말을 멈추었다.

용덕수의 눈이 휘둥그레진 것을 발견했기 때문이다.

"형!"

"왜… 그래?"

"형수님 오셨어요."

"응?"

용덕수의 말을 들은 태식이 서둘러 고개를 돌렸다. 그리고
방금 용덕수가 한 말은 사실이었다.

더그아웃으로 들어서 있는 지수의 모습을 발견한 태식도 두
눈을 치켜떴다.

예고 없던 갑작스러운 방문!

해서 태식이 놀란 기색을 감추지 못 하고 있을 때, 용덕수가
한마디를 덧붙였다.

"어마무시한 선물과 함께!"

16. 깜짝 이벤트

"안녕하세요. 오늘 시구를 맡은 도레미 퍼블릭의 멤버 윤아입니다."

더그아웃으로 들어온 것은 지수 혼자가 아니었다.

윤아를 비롯한 도레미 퍼블릭의 다른 멤버들도 함께 더그아웃에 찾아와 있었다.

"우리 윤아 씨가 시구자라니. 이보다 더한 선물이 어디 있습니까?"

용덕수가 입을 다물지 못하고 탄성을 토해냈다.

'이거였구나!'

그 반응을 살피던 태식이 작게 고개를 끄덕였다.

어제 무척 짧았던 만남의 말미에 지수는 용덕수를 위해서 선물을 마련해 두었다고 언질을 줬었다.

대체 그 선물이 무엇인지 태식도 내심 궁금했었는데.

갑자기 더그아웃에 모습을 드러낸 도레미 퍼블릭의 멤버인 윤아를 본 순간, 또 어마무시한 선물이라고 호들갑을 떨고 있는 용덕수의 반응을 확인한 순간, 지수가 준비했던 선물이 무엇인지 알 수 있었다.

"전혀 몰랐어?"

"꿈에도 몰랐습니다."

"정말 몰랐어?"

"경기 시작 전에 시구 행사가 준비되어 있다는 얘기는 들었는데, 시구자에 관한 정보는 알려지지 않았었거든요."

용덕수가 믿기지 않는다는 표정을 감추지 못하고 있을 때, 시구자인 윤아가 용덕수의 앞으로 다가왔다.

끌꺽.

자신의 앞으로 거침없이 다가오는 윤아를 확인한 용덕수가 긴장하며 마른침을 삼켰을 때였다.

"또 뵙네요."

"네?"

"지난번에 병원에서 잠깐 만났었잖아요?"

"그걸… 기억하세요?"

용덕수가 격동에 물든 표정으로 되물었다.

"당연히 기억하죠. 무척 인상 깊었거든요."

"제가요?"

"월드 스타시잖아요."

"그건……."

"잘 부탁드립니다."

"……?"

"포넘 시구. 지수 언니가 지난번에 시구를 하고 나서 엄청 화제가 됐거든요. 저도 실시간 검색어 1위에 오를 수 있도록 덕수 씨가 도와주세요."

"제 이름도… 아세요?"

"당연히 알고 있죠."

운아가 생긋 웃으며 대답한 순간, 용덕수가 비장한 표정으로 대답했다.

"걱정 마세요."

"네?"

"제가 책임지고 윤아 씨의 오늘 시구를 실시간 검색어 1위로 만들어 드리겠습니다."

"네, 그럼 덕수 씨만 믿고 던질게요."

"믿어도 됩니다."

의뢰인에게 승소를 약속하는 노련한 변호사처럼 확신에 찬 대답을 던지고 있는 용덕수를 태식이 혀를 차며 바라보고 있을 때였다.

지수가 곁으로 다가왔다.

"제가 준비한 선물. 덕수 씨가 좋아하는 것 같나요?"

"너무 좋아서 어쩔 줄 모르는데."

"다행이네요."

"언제 준비했어?"

"꽤 됐어요. 사장님에게 부탁을 드렸죠."

"덕수를 위해서 그렇게까지……."

"덕수 씨를 위해서가 아니에요."

"응?"

태식이 의아한 시선을 던질 때, 지수가 힘주어 말했다.

"오빠를 위해서죠."

"오… 빠?"

갑자기 호칭이 변해 있었다.

불과 얼마 전까지만 해도, 아니, 어제까지만 해도 태식 씨라고 부르던 지수는 오빠라고 부르기 시작했다.

그로 인해 태식이 당황한 기색을 드러냈다.

"갑자기 왜……?"

"놀랐어요?"

"좀, 아니… 많이……."

"그럼… 다시 태식 씨라고 부를까요?"

"그게……."

"아니면, 삼촌이라고 부를까요?"

"삼… 촌?"

배시시 웃고 있는 지수를 확인하고서야 태식은 그녀가 농담을 하고 있다는 사실을 깨달았다.

"삼촌보다는 오빠라는 호칭이 훨씬 낫네."

"그렇죠?"

"그런데 아까 했던 말은 무슨 뜻이야?"

"어떤 말이요?"

"윤아의 시구. 덕수가 아니라 날 위해 준비한 거라고 했잖아."

"아, 그거요."

지수가 웃으며 대답했다.

"심원 패롯스의 가을 야구 진출이 오늘 경기 결과에 달려 있잖아요. 외국에 나가 있는 동안, 제가 어떤 식으로든 도움이 될 수 있는 방법이 없을까 고민했어요. 그렇게 고민하던 와중에 예전에 매니저 오빠가 했던 말이 떠올랐어요."

"어떤 말?"

"제가 버퍼 역할을 했다는 말이요. 그 말을 떠올리고 나서 가만히 기억을 더듬어 보니 덕수 씨가 제가 선물했던 홍삼을 복용하고 나서 홈런을 때렸던 사실도 떠올랐어요. 그래서 이번엔 윤아를 버퍼로 만들자고 생각했어요. 지난번에 병원에서 보니까, 덕수 씨가 윤아를 많이 좋아하더라고요."

"그러니까… 덕수가 오늘 경기에서 맹활약을 펼쳐야 내게도 좋다?"

"정답입니다."

"고맙긴 한데……."

태식이 슬그머니 말꼬리를 흐렸다.

어떻게든 자신을 위해서 도움을 주고 싶어 하는 지수의 마음 씀씀이가 무척 고마웠다. 그렇지만 너무 부담을 주는 것이 아닌가 하는 생각도 동시에 들었다.

그래서 태식이 미안한 기색을 드러냈을 때였다.

"그런 표정 지으실 필요 없어요. 야구팬들의 관심이 많이 쏠려 있는 오늘 경기에서 멋진 시구를 하면 인지도를 단숨에 끌어 올릴 수 있는 만큼, 윤아의 입장에서도 아주 좋은 일이니까요."

"그건 그렇지만……."

"그리고 윤아에게 넌지시 시구에 대해 말을 꺼냈을 때, 오히려 윤아가 더 적극적으로 하겠다고 나섰어요."

"그랬어?"

"이건 비밀인데……."

지수가 주변을 살핀 후, 작은 목소리로 덧붙였다.

"윤아가 덕수 씨에게 관심이 있는 것 같아요."

"그게… 무슨 소리야?"

"말씀드린 그대로인데요."

"그러니까 윤아가 덕수에게 호감을 갖고 있다고?"

"네. 그런데 표정이 왜 그러세요?"

"응?"

"영 믿기지 않는다는 표정인데요."

정곡을 찔린 태식이 움찔하며 입을 뗐다.

"솔직히 말해서 믿기지가 않네."

"왜 믿기지 않으세요?"

"그게 그러니까······."

태식이 바로 대답을 꺼내지 못하고 우물쭈물했다.

그저 막연히 용덕수와 윤아가 어울리지 않는다는 생각이 들었을 뿐, 정확한 이유까지는 떠오르지 않았기 때문이다.

그때, 지수가 웃으며 되물었다.

"저희는요?"

"응?"

"저희가 사귄다고 밝히면 사람들이 순순히 믿을까요?"

"그건··· 안 믿겠네."

역공을 당한 태식이 쓰게 웃었다.

인기 아이돌 그룹인 도레미 퍼블릭의 리더이자 빼어난 연기 실력까지 겸비해서 스크린과 브라운관을 종횡무진 누비는 지수와 저니맨 김태식 사이의 괴리.

무척 컸다.

더구나 태식과 지수의 나이 차는 띠동갑을 훌쩍 넘겼다.

그러니 두 사람이 사귄다는 사실을 공개한다고 해도, 열애설을 순순히 믿는 사람은 드물 터였다.

"알려줄까요?"

"뭘?"

"덕수 씨에게 윤아가 호감을 갖고 있다는 사실이요."

"그건 안 돼."

지수의 말이 끝나기 무섭게 태식이 반대 의사를 피력했다.

"왜 안 돼요? 이 사실에 대해서 알고 나면 덕수 씨가 경기 중에 더 큰 활약을 펼칠 것 같은데……."

"과한 것은 모자란 것만 못 하니까."

"네?"

"만약 윤아가 호감을 갖고 있다는 사실을 전해 듣고 나면, 덕수의 경기력은 오히려 떨어질 거야."

"왜요?"

"혼이 반쯤 빠져 나가서 경기에 집중하지 못할 테니까."

태식이 설명을 마치자 지수가 납득한 듯 고개를 끄덕였다.

"그럼 덕수 씨에게 알리는 것은 뒤로 미뤄야겠네요."

"그래. 그리고… 고맙다."

태식이 진심을 담아 감사를 표하자, 지수의 표정이 밝아졌다.

"고맙죠? 그럼 제 부탁 하나만 들어줘요."

"어떤 부탁이지?"

"오늘 경기에서 멋진 투구를 해주세요."

지수가 생긋 웃으며 덧붙였다.

"하늘에서 오빠를 보고 계실 아빠가, 또 병상에서 경기를 지켜보고 계실 아버님이 기뻐하실 수 있도록."

오늘 경기의 시구자로 나선 도레미 퍼블릭의 멤버 윤아가 마운드 위로 빠르게 걸어 올라갔다.

경기장을 찾은 홈 팬들도 윤아가 시구자로 나선다는 사실을 알지 못했다. 그래서 갑자기 모습을 드러낸 윤아를 발견하고 어리둥절한 표정을 짓던 홈 팬들은 뒤늦게 환호성을 보내기 시작했다.

말 그대로 깜짝 이벤트.

단단히 시구 준비를 하고 나온 윤아의 표정은 비장했다.

슈악!

그런 윤아의 시구는 훌륭했다.

높이 다리를 들어 올린 후 던진 시구는 노 바운드로 용덕수가 내밀고 있던 미트 속으로 빨려 들어갔다.

얼마 전, 야구팬들 사이에서 크게 화제가 됐던 지수의 시구와 비교한다고 해도 손색이 없었다.

그리고.

용덕수는 아까 더그아웃에서 윤아와 했던 약속을 지키기 위해서 최선을 다했다.

윤아가 던진 시구를 미트로 받자마자, 뒤로 넘어졌다.

여기까지는 지난번에 지수의 시구를 받았을 때와 거의 흡사했다.

그러나 이 정도로는 윤아의 시구를 실시간 검색어 순위 1위에 올려놓기에 약하다고 판단했기 때문일까.

용덕수는 절정의 메소드 연기를 펼쳤다.

윤아가 던진 시구를 받고 뒤로 넘어졌던 용덕수는 한참의 시간이 흘렀음에도 다시 일어나지 않았다.

"기절했다!"

"죽은 거 아냐?"

"헐! 애쓴다!"

"괜히 월드 스타가 된 게 아님!"

경기장을 꽉 메운 관중들이 기절한 것처럼 쓰러진 뒤에 꿈쩍도 하지 않는 용덕수의 메소드 연기에 즐거워했다.

주심이 경기를 진행해야 하니 빨리 일어나라고 엄포를 놓은 후에야 용덕수는 미적대며 다시 일어났다.

"형. 제 연기 어땠습니까?"

"내가 월드 스타의 연기를 논할 수준이 되나?"

"하핫. 이 정도면 실검 1위는 문제없겠죠?"

"되고도 남지."

"아, 다행이다. 아까 큰 소리 빵빵 치면서 약속했던 것을 지킨 것 같아서 다행이네요."

안도의 한숨을 내쉬던 용덕수가 태식을 바라보며 물었다.

"그런데… 별로 긴장하지 않으시네요?"

"응?"

"저한테 농담을 건네시는 것 보니 전혀 긴장하지 않으셨는데요."

"덕수야."

"네."

"나이를 서른일곱씩이나 먹었는데, 고작 이 정도에 긴장하면 안 되지."

씩 웃으며 대꾸한 태식이 마운드 위의 흙을 발로 꾹꾹 눌렀다.

마운드 위에 선 것.

이번이 처음은 아니었다.

이미 두 차례 마운드에 올라와서 두 개의 세이브를 올렸으니까.

그렇지만 당시와 지금, 마운드 위에서 느끼는 감정은 또 달랐다.

마무리 투수로 나서는 것과 선발투수로 나서는 것.

분명히 차이가 있었기 때문이다.

투수 입장에서 여러 가지 차이점이 있었지만, 태식이 판단하는 가장 큰 차이점은 바로 선발투수는 경기의 분위기를 주도한다는 것이었다.

중간 계투 혹은 마무리 투수로 나서는 경우, 이미 경기가 한창 진행되는 도중에 등판하는 것이었다.

그런 만큼 경기의 흐름을 주도하는 것이 아니라, 이미 바뀌어 있는 경기의 흐름에 맞춰서 적응을 해야 했다.

그러나 선발투수로 나서는 지금의 경우는 달랐다.

'백지!'

태식이 머릿속으로 떠올린 단어였다.

새하얀 도화지 위에 구도를 잡고 선을 그어서 어떤 그림을 완성해 나가는가 여부는 오롯이 태식의 몫이었다.

"경기 초반이 중요해."

태식이 더그아웃에 앉아 있는 이철승 감독을 살폈다.

태식을 선발투수로 내세운 것.

정규 시즌 최종전에서 승리를 거둘 수 있는 방법을 고민하던 이철승 감독이 직접 찾아낸 비책이었다.

그럼에도 불구하고, 이철승 감독의 표정에는 초조함이 묻어나고 있었다.

만약 비장의 무기라고 여겼던 태식이 경기 초반에 와르르 무너진다면?

딱히 대책이 없는 상황이나 마찬가지였다. 그리고 이것이 이철승 감독이 초조한 기색을 감추지 못하고 있는 이유였다.

"감독님의 믿음에 부응하겠습니다."

태식이 각오를 다진 순간, 주심이 외쳤다.

"플레이볼!"

17. 성향 파악

'첫 번째 그리는 선!'

1회 초, 대승 원더스의 리드오프인 백정권을 상대로 초구를 던진 순간, 태식이 떠올린 생각이었다.

슈아악!

팡!

태식이 선택한 초구의 구종!

몸 쪽 직구였다.

"스트라이크!"

스트라이크존을 통과하는 몸 쪽 직구가 들어왔음에도 백정권은 배트를 휘두르지 않고 물끄러미 지켜보기만 했다.

146km.

전광판에 구속이 찍힌 순간, 태식이 투구하는 모습을 유심히 살피던 홈 팬들의 반응이 즉각적으로 쏟아졌다.

그런 홈 팬들의 반응은 극명하게 갈리었다.

"제구 죽인다!"

"심원 패롯스 에이스 인정!"

"김태식 믿는다!"

환호하는 홈 팬들의 반응이었다.

"146㎞?"

"구속이 왜 줄었지?"

"난타당하는 거 아냐?"

"저 구속으로 버틸 수 있을까?"

태식이 초구로 던졌던 직구의 구속이 이전 두 차례 등판에서 기록했던 직구의 구속에 비해서 감소했다는 것을 알아채고 우려의 시선을 던지는 홈 팬들의 반응이었다.

'예리하네!'

그 반응을 확인한 태식이 쓰게 웃었다.

어제 마경 스왈로우스와의 경기에 팀의 마무리 투수로 등판했던 태식이 기록했던 최고 구속은 152㎞였다.

또 마무리 투수로 등판했을 때, 꾸준히 150㎞에 육박하는 직구를 던졌었다.

당시에 비해 직구 구속이 약 5㎞ 정도 감소했다는 사실을 알아채고 일부 홈 팬들이 우려의 시선을 던지는 것이었다.

슈아악!

팡!

태식이 던진 2구 역시 직구였다.

초구와 달라진 점은 바깥쪽 꽉 찬 코스로 향했다는 것이다.

145km.

초구에 비해 직구의 구속이 더 줄었다는 사실을 전광판을 통해 확인한 홈 팬들의 웅성임이 더욱 커졌다.

그러나 태식은 팬들의 반응에 신경을 쓰지 않았다.

'볼?'

태식의 모든 신경은 주심의 판정에 쏠려 있었다.

스트라이크존을 통과했다고 판단했는데.

주심의 손은 올라가지 않았다.

태식과 마찬가지 생각일까.

태식이 2구째로 던진 공에 주심이 스트라이크를 선언하지 않자, 용덕수는 태식에게 공을 돌려주기 위해서 자리에서 일어나지 않았다.

대신 공을 받은 미트의 위치를 고정한 채로, 한참을 버텼다.

기 싸움.

바깥쪽 꽉 찬 코스로 들어온 직구를 스트라이크로 선언하지 않은 주심에게 일종의 항의 표시를 하고 있는 것이었다.

'바깥쪽 공에는 인색하다!'

방금 볼 판정을 통해서 태식은 오늘 경기 주심의 성향을 파악할 수 있었다.

'확인해야지!'

그 후로도 한참을 더 주심과 기 싸움을 펼치다가 일어난 용덕수에게서 공을 돌려받은 태식이 두 눈을 빛냈다.

예전 경험이 일천했던 시절에는 스트라이크존을 통과했다고 판단한 공을 주심이 스트라이크를 잡아주지 않는 경우, 불만을 드러내기 바빴다.

또, 주심의 판정에 흥분한 나머지 경기를 망치기 일쑤였다.

그러나 경험이 쌓인 지금은 달랐다.

당시와 똑같은 상황이라고 하더라도 대처하는 방식이 달라졌다.

'흥분할 필요 없어!'

투수가 주심이 선언하는 스트라이크와 볼 판정에 화를 내야 할 때는 판정에 일관성이 없는 경우뿐이었다.

즉, 똑같은 코스로 공이 들어왔을 경우, 태식이 던진 공은 외면하는 반면 상대 팀 투수의 공만 스트라이크로 선언한다면?

그런 경우에는 당연히 항의를 하고 흥분해야 했다.

그렇지만 주심이 내리는 판정이 일관성만 갖추고 있다면, 판정에 화를 내거나 흥분할 필요가 없었다.

태식 뿐만 아니라 상대 팀 투수 역시 마찬가지로 주심이 바깥쪽 코스의 공을 스트라이크로 잡아주지 않아서 고전할 터였으니까.

지금 태식이 해야 할 일은 주심이 내리는 판정에 화를 내고 흥분하면서 항의를 하는 것이 아니었다.

주심의 성향에 대해서 좀 더 확실히 파악하는 것이 필요했다.

'자, 그럼 싸워볼까?'

슈아악!

태식이 와인드업을 마치고 3구째 공을 뿌렸다.

파앙!

공이 미트에 박히는 묵직한 소리가 그라운드에 울려 퍼졌다.

145㎞!

전광판에 찍힌 구속은 2구째와 같았다. 그러나 태식은 고개를 돌려서 구속을 확인하지도 않았다.

대신 주심의 판정에 집중했다.

태식이 던졌던 3구 역시 바깥쪽 직구.

얼핏 살피기에는 2구째 바깥쪽 직구와 비슷했다. 그렇지만 2구째에 비해서 공 하나 정도 더 가운데로 던졌다는 차이가 있었다.

"스트라이크!"

주심의 반응도 아까와 달랐다.

조금도 망설이지 않고 스트라이크를 선언했다.

'이건 잡아준다!'

공 하나의 간격 차이로 인해 주심의 판정이 바뀌었다. 그렇지만 태식은 아직 만족하지 않았다.

슈아악!

태식의 손을 떠난 4구째 공 역시 바깥쪽 직구였다. 그리고 태식이 던진 4구째 직구는 2구째와 3구째로 던졌던 직구와 또 달랐다.

2구째 직구와 3구째 직구가 통과했던 코스의 딱 중간 위치로 들어갔다.

즉 스트라이크 선언을 받았던 3구째 바깥쪽 직구에 비해 약 공 반 개 가량 더 바깥쪽 코스로 들어간 셈이었다.

'이번에는… 어떨까?'

태식이 두 눈을 빛내며 주심의 반응을 살폈다.

또다시 바깥쪽 직구가 들어오자, 주심이 움찔하는 것이 느껴졌다. 그리고 주심만이 아니었다.

타석에 들어서 있던 백정권도 휘두르던 배트를 도중에 멈추고 움찔했다.

"…스트라이크!"

반 박자가량 늦게 주심이 팔을 들어 올렸다.

주심이 스트라이크를 선언한 순간, 태식이 주먹을 움켜쥐었다.

대승 원더스의 리드오프인 백정권을 삼진으로 돌려세웠다는 것도 기뻤지만, 더 기쁜 것은 오늘 경기 주심의 성향을 파악했다는 점이었다.

'마지노선!'

팬들이 보기에는 투수 김태식과 타자 백정권이 펼치는 대결처럼 보였을 터였다.

그렇지만 엄밀히 말하면 태식은 타자가 아닌 주심과 대결을 펼쳤다. 그리고 주심과의 대결이자 기 싸움에서 선전포고를 했다.

"이래도 스트라이크로 선언하지 않을 거냐?"

스트라이크존을 걸치는 바깥쪽 공을 잇따라 던지면서 주심을 윽박질렀고, 결국 주심이 그 질문에 대한 답을 내려준 셈이었다.

'여기까지는 잡아준다!'

태식이 얻은 소득은 바깥쪽 코스에 인색한 편인 주심과의 기 싸움을 통해서 마지노선을 확인했다는 점이었다.

방금 전, 반 박자 늦게 스트라이크를 선언했던 코스까지는 주심이 오늘 경기 내내 스트라이크를 선언할 터였다.

백정권이 삼진으로 물러나면서 1사 주자 없는 상황에서 타석에는 대승 원더스의 2번 타자 문백경이 들어섰다.

슈아악!

태식이 문백경을 상대로 던진 첫 번째 공은 몸 쪽 직구.

파앙!

이번에는 144㎞의 구속이 전광판에 찍혔다. 그리고 문백경은 몸 쪽 직구가 들어왔음에도 배트를 휘두르지 않고 그냥 바라보기만 했다.

'서두르지 않는다?'

노림수가 빗나갔기 때문에 문백경이 배트를 내밀지 않은 것이 아니었다.

문백경은 처음부터 공을 지켜볼 생각을 갖고 타석에 들어선 것처럼 느껴졌다. 그리고 문백경만이 아니었다.

아까 상대했던 백정권도 마찬가지였다.

백정권 역시 태식과의 대결 중에 쉽게 배트를 내밀지 않았다.

4구까지 이어졌던 승부에서 백정권은 딱 한 번 배트를 휘둘렀다. 그것도 배트를 휘두르다가 도중에 멈추었던 체크 스윙이었다.

슈아악!

태식이 던진 2구째 공은 바깥쪽 직구.

문백경은 역시 배트를 내밀지 않고 바라보기만 했다.

'의도적이야!'

방금 문백경이 타석에서 보인 반응으로 인해 태식은 확신을 가졌다.

이건 문백경이 신중한 것이 아니었다.

벤치에서 미리 지시가 내려졌기 때문에 최대한 공을 많이 지켜보며 신중한 승부를 펼치는 것이었다.

'왜 이런 지시를 내렸을까?'

태식이 고개를 돌려서 감독석에 앉아 있는 대승 원더스의 정재영 감독을 힐끗 살폈다.

팔짱을 낀 채 경기를 지켜보고 있는 정재영 감독의 표정은 초조한 기색이 역력한 이철승 감독과 달리 담담했다.

또, 여유가 묻어났다.

—객관적인 전력에서 대승 원더스가 심원 패롯스에 한참 앞선다.

정재영 감독은 이런 확신을 갖고 있었다. 그리고 올 시즌 내내 선두 다툼을 하고 있는 대승 원더스의 저력을 믿었다.

이것이 정재영 감독이 정규 시즌 우승이 걸려 있는 중요한 경기임에도 여유를 잃지 않고 있는 이유였다.

그리고.

정재영 감독이 대승 원더스의 타자들에게 신중한 승부를 지시한 배경에는 이런 자신감이 바탕에 깔려 있었다.

오늘 경기 시작 전, 이철승 감독이 선발 라인업을 발표했을 때 정재영 감독도 적잖이 당황했을 터였다.

전혀 예상치 못했던 투수 김태식이 선발투수로 나선다고 발표했기 때문이다.

미지의 생명체.

정재영 감독은 오늘 경기의 선발투수로 나서는 태식에게 이런 평가를 내렸을 터였다.

원체 알려진 것이 없었기 때문이다. 그러나 정재영 감독은 오래 당황하며 허둥대지 않았다.

정재영 감독은 미지의 생명체나 다름없는 투수 김태식을 경기 초반에 신중하게 관찰하는 쪽으로 빠르게 판단을 내렸다.

'어차피 깜짝 카드일 뿐이다. 우선은 미지의 생명체나 다름없는 투수 김태식에 대한 분석이 필요하다. 그리고 투수 김태식

에 대한 분석이 끝나면, 우리 팀의 타자들은 충분히 공략할 수 있다!'

정재영 감독이 가진 확신이었다.

이런 확신을 갖고 있기 때문에 대승 원더스 타자들에게 서두르지 말고 신중한 승부를 하라고 주문했던 것이다.

"그럼 내가 해야 할 일은… 분석을 당하지 않는 것이군."

태식이 날카로운 시선으로 자신을 주시하고 있는 정재영 감독의 시선을 피하지 않은 채 덧붙였다.

"미지의 생명체의 무서움을 보여 드리겠습니다."

'투 스트라이크 이후 승부!'

대승 원더스의 정재영 감독이 타자들에게 내린 지시를 태식이 미루어 짐작했다.

그 짐작의 근거는 백정권과의 승부였다.

구경꾼처럼 타석에서 태식의 공을 지켜보기만 하던 백정권이 처음으로 체크 스윙을 한 것은 투 스트라이크 이후였다.

똑같이 판단했기 때문일까.

바깥쪽 슬라이더.

용덕수도 유인구를 던지라고 사인을 냈다. 그러나 태식은 용덕수가 낸 사인을 확인하자마자 고개를 흔들었다.

'원하는 대로 움직여 주지 않는다!'

오늘 경기 초반, 정재영 감독이 원하고 있는 것은 투수 김태식을 관찰하고 분석하는 것이었다.

쉽게 말해 정재영 감독은 태식이 숨기고 있는 밑천을 최대한 일찍 밖으로 끌어내기를 원했다.

그렇지만 태식은 정재영 감독의 의도대로 움직여 줄 생각이 없었다.

몸 쪽 직구.

태식이 낸 사인을 확인한 용덕수의 마스크 너머 표정이 굳어지는 것이 보였다.

'너무 위험하다!'

이렇게 판단했기 때문이리라.

그러나 태식은 이번에도 자신의 뜻을 밀어붙였다.

슈아악!

태식의 손에서 공이 떠난 순간, 타석에서 잔뜩 웅크리고 있던 문백경이 기다렸다는 듯이 배트를 휘둘렀다.

따악!

묵직한 타격음이 흘러나온 순간, 용덕수가 벌떡 일어났다.

태식이 던진 몸 쪽 직구가 용덕수가 요구했던 타자의 무릎 높이로 향하는 낮은 코스보다 조금 높게 형성됐기 때문이다.

최소 2루타 이상의 장타를 허용했다고 판단한 용덕수가 굳은 얼굴로 포수 마스크를 벗어 던졌다.

18. 이닝 이터

타다다닷!

맞는 순간 큰 타구라고 판단한 좌익수 헨리 소사가 빙글 몸을 돌려 펜스 쪽으로 내달리기 시작했다.

"Stop! Back!"

그런 헨리 소사를 멈춰 세운 것은 중견수 이종도였다.

문백경이 때린 타구의 궤적을 처음부터 놓치지 않고 눈으로 좇고 있던 이종도가 큰 목소리로 소리쳤다.

그 외침을 들은 헨리 소사가 펜스 쪽으로 달려가던 것을 멈추고 다시 타구를 찾아서 고개를 돌렸다.

원래 예상했던 것과 달리 멀리 뻗지 않는 타구의 궤적을 확인한 헨리 소사가 방향을 바꾸어 다시 앞으로 달려 나왔다.

거의 원래 수비 위치까지 돌아온 헨리 소사가 어렵게 타구를 잡아내는 것을 확인한 태식이 전광판을 살폈다.

151km.

전광판에 찍힌 구속을 확인한 태식이 희미한 웃음을 머금었다.

높은 코스로 형성된 몸 쪽 직구.

문백경이 힘차게 배트를 돌렸고 용덕수뿐만 아니라 헨리 소사도 장타가 될 것이라고 판단했다.

그렇지만 문백경이 때렸던 타구는 멀리 뻗어나가지 못했다.

그 이유는 배트 타이밍이 구속을 따라가지 못했기 때문이다.

그리고 태식이 웃은 이유는 두 가지였다.

우선 뜻대로 힘 조절이 됐기 때문이다.

지금까지 태식은 일관되게 직구 승부만 고집했다. 그리고 오늘 경기에 선발투수로 나선 태식이 던진 직구의 평균 구속은 140km대 중반이었다.

경기 후반에 마무리 투수로 등판했던 지난 두 경기에서 던졌던 직구의 구속이 150km 근처에 형성됐던 것을 감안하면 약 5km 이상 구속이 감소해 있었다.

"구속이 왜 줄었지?"
"난타당하는 거 아냐?"
"저 구속으로 버틸 수 있을까?"

아까 일부 홈 팬들이 우려 섞인 시선을 던졌던 이유.

선발투수로 나선 태식의 직구 구속이 감소했다는 사실을 알아챘기 때문이다. 그러나 당시 태식은 줄어든 구속에 전혀 신경 쓰지 않았다.

구속이 감소된 것이 당연했기 때문이다.

선발투수와 마무리 투수.

보직이 다른 만큼, 차이점이 많았다.

그중에서도 가장 큰 차이점은 책임져야 하는 이닝의 수였다.

마무리 투수의 경우 일반적으로 1이닝 내외를 책임졌다.

마운드에 올라온 후, 세 개의 아웃 카운트만 잡아내면 경기를 마무리하는 목적을 달성할 수 있었다.

그런 만큼 힘을 아낄 필요가 없었다.

일 구, 일 구.

해서 마무리 투수들은 마운드에 올라온 후 던지는 모든 공을 전력으로 투구했다.

반면 선발투수는 책임져야 하는 이닝이 딱히 정해져 있지 않았다.

경기의 상황에 따라 선발투수가 책임지는 이닝의 수는 급변했다.

초반에 와르르 무너지는 경우 1이닝도 버티지 못하고 마운드에서 내려가는 반면, 완투 혹은 완봉으로 9이닝을 책임지는 경우도 있었다.

표현 그대로 천차만별.

그렇지만 일반적으로 최소 6이닝 이상을 책임져야 하는 것이 선발투수의 임무 가운데 하나였다.

마무리 투수와 비교한다면 책임져야 하는 이닝이 훨씬 길었고, 자연히 투구 수도 늘어날 수밖에 없었다.

그로 인해 선발투수가 모든 공을 전력투구하는 것은 불가능했다.

'힘을 분배해야 한다!'

아까도 생각했듯 선발투수는 백지 위에 그림을 완성키 위해서 도구를 들고 앉아 있는 것과 마찬가지였다.

텅 빈 백지에 어떤 그림을 그릴지 구상을 하고, 또 도구를 이용해서 선을 그으면서 미리 구상했던 그림을 완성해 나가야 했다.

그 일련의 과정에서 선발투수가 그림을 완성하는 방점을 찍을 수도 있었지만, 구상한 그림을 끝까지 완성하지 못하고 먼저 마운드에서 내려가는 경우도 다수였다.

그렇지만 어느 쪽이든 간에 선발투수는 백지 위에 대략적인 그림을 그려 놓은 상태에서 내려오게 마련이었다.

또, 선발투수가 백지 위에 그려 놓은 그림에 의해서 경기 양상도 크게 달라지게 마련이었다.

'내가 화공이다!'

태식도 마찬가지였다.

이철승 감독에게서 정규 시즌 최종전의 선발투수로 등판할 것이라는 통보를 받은 후, 태식 역시 백지 위에 어떤 그림을 그릴 것인가에 대한 구상을 시작했다.

그 구상에 결정적인 역할을 미친 것은 바로 이철승 감독과 나누었던 대화였다.

"선발투수 김태식에게 가장 바라시는 것이 무엇입니까?"

"완봉승을 거두면 더할 나위 없이 좋지."

"……?"

"그렇지만 그건 내가 너무 욕심을 부리는 것이겠지? 내가 선발 투수 김태식에게 바라는 것은 딱 하나야."

"뭡니까?"

"이닝 이터 역할을 해주는 것."

그날 오갔던 대화 중 일부였다.

그리고 이철승 감독은 대화 도중 태식이 책임져 주기를 바라는 정확한 이닝의 수까지는 밝히지 않았다.

그렇지만 선발투수 김태식이 대승 원더스의 에이스인 데이브 로버츠와 대등한 대결을 펼치면서 최소 6이닝 이상 버텨주기를 바란다는 것을 느낄 수 있었다.

그조차도 태식이 선발투수로 나선 지 무척 오래됐다는 것을 감안해서 이철승 감독이 최대한 욕심을 내려놓은 것이었다.

심원 패롯스의 불펜 투수들을 믿을 수 없는 상황.

이철승 감독은 내심 태식이 더 많은 이닝을 소화해 주길 바랐다.

그때, 농담처럼 태식이 완봉승을 거두면 더할 나위 없겠다고 넌지시 말했던 것.

그냥 해본 빈말이 아니었다.

'이닝 이터 역할이라.'

이철승 감독이 바라는 대로 이닝 이터 역할을 충실히 수행해 내기 위해서 태식이 가장 먼저 떠올린 것은 힘을 분배하는 것이었다.

'승부처에서 전력투구를 하고, 그 전까지는 힘을 아낀다!'

이렇게 미리 구상을 하고 경기에 나섰기 때문에 마무리 투수로 경기에 나섰을 때보다 구속이 감소했던 것이다.

1회 초, 2사 주자 없는 상황.

타석에는 3번 타자 조정훈이 들어섰다.

이미 대승 원더스를 이끌고 있는 정재영 감독의 의도를 파악한 상황.

슈아악!

슈아악.

투 스트라이크 이전에는 조정훈이 배트를 내밀지 않을 것이라고 예상했기에 태식은 과감하게 스트라이크를 던지기 위해 승부했다.

몸 쪽 직구, 그리고 바깥쪽 직구.

노 볼 투 스트라이크.

잇따라 스트라이크가 선언되면서 볼카운트는 투수인 태식에게 압도적으로 유리해졌다. 그리고 볼카운트가 투 스트라이크 이후가 되자, 마치 기다렸다는 듯이 조정훈이 배트를 고쳐 쥐었다.

그 모습을 확인한 태식이 와인드업을 시작했다.

슈아악!

부우웅!

조정훈이 몸 쪽으로 파고드는 공을 받아치기 위해 힘껏 배트를 돌렸다. 그렇지만 애꿎은 허공을 갈랐을 뿐이었다.

"스트라이크아웃!"

152㎞.

태식은 칠 테면 치라는 식으로 던진 몸 쪽 직구로 조정훈을 삼구 삼진으로 돌려세우는 데 성공했다.

1회 초를 가볍게 삼자범퇴로 막아낸 태식이 천천히 마운드에서 내려왔다.

슬쩍 고개를 돌려서 살피는 태식의 눈에 잔뜩 미간을 찌푸리고 있는 정재영 감독의 얼굴이 들어왔다.

'쾌조의 스타트를 끊었어!'

더그아웃으로 돌아온 태식이 환하게 웃었다.

삼자범퇴로 대승 원더스의 상위 타선을 막아낸 것.

무척 만족스러운 결과였다.

그렇지만 그보다 더 만족스러운 것은 오직 직구만 던지면서 1회 초 수비를 마무리했다는 점이었다.

'투구 수 관리도 잘됐어!'

태식이 1회 초에 던진 총 투구 수는 불과 열 개.

그리고 태식은 그 열 개의 공을 모두 직구로만 던졌다.

아까 마운드에서 내려오면서 힐끗 살폈던 정재영 감독의 표정이 일그러진 이유도 바로 이것 때문이었다.

대승 원더스 타자들에게 신중한 승부를 주문하면서까지 정재영 감독이 알아내길 원했던 것은 미지의 생명체나 다름없는 투수 김태식이었다.

선발투수로 나선 태식을 관찰하고 분석하기 위해서 정재영 감독은 태식이 숨기고 있을지도 모르는 밑천을 끌어내고자 했다.

그러나 그는 원하던 결과를 얻지 못했다.

직구와 체인지업.

최근 두 차례 등판에서 태식이 사용했던 두 가지 구종이었다. 그리고 정재영 감독도 이미 태식이 두 구종을 사용할 수 있다는 사실을 파악하고 있을 터였다.

그런 그는 투수 김태식이 이미 공개한 두 가지 구종 외에 또 어떤 구종을 사용할 수 있는지를 확인하고 싶어 했다.

그렇지만 태식은 그의 의도대로 움직여 주지 않았다.

세 명의 타자를 상대하는 동안 직구 하나의 구종만 사용했다.

덕분에 정재영 감독의 의도는 무위로 돌아갔고, 오히려 그에게 새로운 숙제를 추가로 던져주었다.

직구의 구속 차이를 이용해 타자들의 타이밍을 빼앗는 투구를 선보여서 정재영 감독과 대승 원더스 타자들의 머릿속을 더욱 혼란스럽게 만드는 데 성공한 것이었다.

"이제는 공격이군!"

태식이 그라운드로 시선을 던졌다.

오늘 경기 대승 원더스의 선발투수로 나선 것은 팀에 에이스 역할을 해온 외국인 투수인 데이브 로버츠였다.

올 시즌, 현재까지 데이브 로버츠가 기록한 승수는 18승.

다승 부문 1위를 이미 확정한 상태였다. 그리고 데이브 로버츠는 승수만 많이 쌓은 것이 아니었다.

방어율 부문에서도 1위를 달리고 있었다.

리그 최강팀인 대승 원더스의 에이스다운 활약상.

오늘 경기의 중요성에 대해 잘 알고 있는 정재영 감독은 등판 간격까지 조정해 가면서 데이브 로버츠를 선발투수로 내세웠다.

슈아악!

2미터가 넘는 장신인 데이브 로버츠가 심원 패롯스의 리드오프인 이종도를 상대로 던진 초구는 직구였다.

"스트라이크!"

타자의 무릎 높이로 완벽하게 제구가 된 몸 쪽 직구에 이종도는 배트를 내밀어볼 엄두도 내지 못했다.

155km.

우와.

와아아!

잠시 뒤 전광판에 구속이 찍힌 순간, 관중석이 크게 술렁였다.

자신의 투구가 마음에 든 걸까.

거칠게 콧김을 내뿜는 데이브 로버츠를 바라보던 태식이 두 눈을 빛내며 작게 혼잣말을 꺼냈다.

"전력투구!"

태식은 오늘 경기에서 타석에도 들어섰다. 그래서 영상을 통해 분석했던 데이브 로버츠의 평균 직구 구속은 149㎞였다.

그러나 방금 이종도를 상대로 던진 초구 직구의 구속은 무려 155㎞였다.

이것이 그가 경기 초반부터 전력투구를 펼친다는 증거였다.

'나와… 반대로군!'

태식은 경기 초반 의도적으로 힘을 빼고 공을 던졌다. 그래서 전력투구를 할 때에 비해 약 5㎞ 정도 구속이 줄어들어 있었다.

그러나 데이브 로버츠는 경기가 시작되자마자, 전력투구를 펼쳤다. 그래서 평균 직구 구속보다 5㎞가량 구속이 더 빨라져 있었다.

'왜지?'

태식이 의아한 시선을 던졌다.

마이너리그 생활은 물론이고 메이저리그 생활까지 경험했을 정도로 데이브 로버츠는 경험이 많은 투수였다.

그런 그가 힘의 분배에 신경 쓰지 않고 경기 초반부터 전력투구를 하는 데는 분명히 어떤 이유가 있을 것이다.

그 이유가 대체 무엇 때문일까에 대해 고민하던 태식의 눈에 데이브 로버츠가 어딘가를 뚫어져라 바라보는 것이 들어왔다.

그의 시선이 향한 곳은 관중석이었다.

'뭘 보는 거지?'

데이브 로버츠의 시선을 따라 고개를 돌렸던 태식의 눈에 들어온 것은 관중석 한편에 모여 있는 외국인 스카우터들이었다.

메이저리그 팀에서 파견한 스카우터들.

족히 서른 명 가까이 모여 있는 메이저리그 팀들의 스카우터들을 확인한 태식이 작게 고개를 끄덕였다.

'스카우터들이 영향을 미친 거로군!'

19. 전력투구

KBO 리그에서 뛴 첫 시즌.

데이브 로버츠는 다승과 방어율 부문에서 선두를 달리면서 무척 성공적인 데뷔 시즌을 치루었다.

그렇지만 대승 원더스가 100만 달러가 넘는 거액의 몸값을 들여 데이브 로버츠를 영입했다고 발표했을 때, 전문가들의 의견은 부정적이었다.

메이저리그 경험이 있긴 했지만, 데이브 로버츠는 메이저리그에서 그리 오래 버티지 못했다.

또, 주로 선발투수가 아닌 불펜 투수로 경기에 나섰다.

나이가 삼십 대에 접어들면서 구위가 떨어지고, 선발투수 경험이 많지 않은 데이브 로버츠의 성공 여부에 대해 부정적인 시선을 던졌었는데.

전문가들의 예상이 틀렸다.

결과적으로 대승 원더스의 과감한 투자는 대성공을 거두었다.

거액을 들여서 영입했던 데이브 로버츠가 몸값을 훨씬 상회할 정도로 빼어난 활약을 펼쳤기 때문이다.

그래서일까?

아직 올 시즌이 끝나기도 전이었지만, 벌써부터 데이브 로버츠의 차기 시즌 계약에 대한 이야기들 흘러나오고 있었다.

대승 원더스 측에서는 데이브 로버츠와의 재계약 의사를 적극적으로 밝혔지만, 정작 데이브 로버츠의 태도는 미온적이었다.

대승 원더스가 밝힌 재계약과 관련해서 데이브 로버츠가 보이는 미온적인 반응의 원인으로 일본 프로야구 팀이 내년 시즌 거액의 몸값을 약속했기 때문이라는 설이 있었다.

그렇지만 좀 더 신뢰성이 있는 것은 메이저리그 재진출설이었다.

"기회가 주어진다면, 다시 메이저리그 무대에 재도전을 하고 싶다."

데이브 로버츠가 언론 인터뷰에서 밝혔던 심정이었다.

실제로 KBO 리그에서 최고의 활약을 선보인 데이브 로버츠에게 관심을 드러내는 메이저리그 구단들이 있다는 소문도 돌고 있었다.

아무런 근거도 없는 소문은 아니었다.

─싱커의 구속이 메이저리그에서 필승조로 활약하던 전성기 시절에 근접할 정도로 상승했다. 충분히 메이저리그에서 통할 가능성이 존재한다.

실명을 밝히지 않은 메이저리그 팀의 스카우터가 작성한 보고서의 내용은 무척 구체적이었다.

또 데이브 로버츠가 선발투수로 등판하는 경기마다 분석을 위해서 경기장을 찾아오는 메이저리그 팀에서 파견한 스카우터들의 수가 점점 늘어나고 있었다.

데이브 로버츠 역시 이런 상황을 모를 리 없었다.

그런 그의 입장에서는 메이저리그 팀들에서 파견한 스카우터들이 운집해 있는 오늘 경기를 일종의 쇼케이스라고 판단할 터였다.

메이저리그 스카우터들에게 자신을 어필할 수 있는 절호의 기회.

이렇게 판단했기에 데이브 로버츠는 경기 초반부터 전력투구를 펼치고 있는 것이었다.

'이게… 다가 아닌가?'

데이브 로버츠를 뚫어져라 바라보던 태식이 고개를 돌렸다.

그런 태식의 시선이 향한 곳은 맞은편 더그아웃이었다.

"당황한 기색이 없다?"

정재영 감독도 데이브 로버츠가 경기 초반부터 전력투구를 한다는 사실을 알아채지 못했을 리 없었다.

그럼에도 불구하고 정재영 감독은 아무런 움직임도 없었다.

"왜… 자제시키지 않는 거지?"

데이브 로버츠가 오버 페이스를 하고 있다는 사실을 알고 있음에도 정재영 감독은 그를 자제시키려 하지 않았다.

그냥 내버려 두고 있었다.

그 이유에 대해 고민하던 태식이 떠올린 것은… 최동현이었다.

순위 다툼이 치열하게 벌어지던 정규 시즌 막바지에 정재영 감독은 선발 로테이션에 변화를 주었다.

심원 패롯스와의 정규 시즌 마지막 경기에 데이브 로버츠를 선발투수로 내세우기 위해서 등판 간격을 조정했던 것이다.

그 과정에서 올 시즌 3선발로 출발했지만, 15승을 거두면서 실질적으로 2선발 역할을 해주었던 토종 에이스 최동현의 등판도 걸렸다.

'최동현이 대기하고 있는 건가?'

그럴 가능성은 충분했다.

정재영 감독은 정규 시즌 우승을 확정하고 한국 시리즈 직행 티켓을 손에 쥐기 위해서 무슨 수를 써서라도 오늘 경기를 이기려 하고 있었다.

당연히 총력전을 펼칠 터.

또, 데이브 로버츠가 초반에 무너지는 만약의 사태를 대비해서 이중, 삼중의 안전장치를 마련해 두었을 것이다.

그 안전장치 가운데 하나가 바로 선발투수 최동현을 불펜에서 대기시키는 것일 가능성은 충분했다.

"네 뒤에는 최동현이 버티고 있다. 그러니 힘을 아끼려고 하지 말고 경기 초반부터 전력투구를 해라."

데이브 로버츠는 정재영 감독에게서 이런 지시를 받았으리라.

게다가 메이저리그 팀에서 파견한 스카우터들도 경기장에 운집해 있는 상황.

그래서 데이브 로버츠는 힘을 아끼려 하지 않고 처음부터 전력투구를 하는 것인지도 몰랐다.

딱!

타격음을 듣고 태식이 상념에서 깨어났다.

이종도는 2구째로 들어온 바깥쪽 싱커를 당겨 쳤다. 그러나 타구는 뜨지 못하고 2루수 앞으로 굴러갔다.

"아웃!"

이종도가 1루에서 아웃되면서 데이브 로버츠는 오늘 경기 첫 아웃 카운트를 잡아냈다. 그리고 경기 초반부터 전력투구를 하는 데이브 로버츠의 공은 위력적이었다.

2번 타자 임현일도 140㎞대 중반의 구속을 기록한 싱커를 던져서 내야 땅볼로 잡아냈고, 3번 타자 최순규는 커브를 유인 구로 던져서 삼구 삼진으로 돌려세웠다.

태식과 마찬가지로 데이브 로버츠 역시 삼자범퇴로 가볍게 이닝을 마무리했다.

그리고 데이브 로버츠가 1회 말에 기록한 투구 수는 총 아홉 개.

태식보다도 하나 더 적었다.

가벼운 발걸음으로 더그아웃으로 돌아가는 데이브 로버츠를 바라보던 태식이 다시 마운드에 오를 준비를 시작했다.

2회 초, 태식이 상대해야 하는 것은 대승 원더스의 클린업트리오였다.

4번 타자 브래드 던과의 첫 대결.

슈아악!

태식이 제구에 신경 쓰며 바깥쪽 직구를 초구로 선택했다.

"볼!"

바깥쪽 꽉 찬 코스를 통과했지만, 바깥쪽 코스에 인색한 주심은 볼을 선언했다.

"들어갔잖아!"

"너무 빡빡한 거 아냐?"

"이 정도는 잡아줘야지!"

홈 팬들이 스트라이크 선언을 하지 않는 주심에게 불만을 표시했다. 그렇지만 정작 마운드에 서 있는 태식은 전혀 아쉬워하지 않았다.

'예상대로!'

이미 오늘 경기 주심의 성향을 파악했기에, 바깥쪽 꽉 찬 코스를 통과한 직구를 잡아주지 않을 것이라고 예상했기 때문이다.

그 사실을 알면서도 태식이 바깥쪽 꽉 찬 코스를 택한 이유.

브래드 던의 장타력을 의식했기 때문이다. 그리고 태식이 눈여겨본 것은 브래드 던의 대응이었다.

'배트를 내밀지 않는다?'

타석에 선 브래드 던은 배트를 휘두르지 않고 물끄러미 지켜보면서 초구를 그냥 흘려보냈다.

'달라지지 않았어!'

공격적인 성향이 강한 외국인 타자임에도 불구하고, 브래드 던 역시 타석에서 서두르지 않았다.

"정재영 감독의 지시가 바뀌지 않았어!"

태식이 두 눈을 빛냈다.

타석에서 투 스트라이크 이후에 승부를 시작하라는 정재영 감독의 지시는 2회에 접어들어서도 그대로였다.

그 사실을 깨달은 순간, 태식이 좀 더 과감한 승부를 펼쳤다.

슈아악!

팡!

"스트라이크!"

145㎞의 구속을 기록한 몸 쪽 직구를 첫 스트라이크를 잡아낸 태식이 선택한 3구 역시 몸 쪽 직구였다.

"스트라이크!"

2구째 몸 쪽 직구와 똑같은 코스로 날아든 직구를 그대로 흘려보낸 후, 브래드 던이 아쉬운 기색으로 타석에서 물러나며 콧김을 내뿜었다.

충분히 공략할 수 있는 몸 쪽 공을 정재영 감독의 지시로 인해 그냥 흘려보낼 수밖에 없었던 것에 불만을 표하고 있는 것이었다.

'승부!'

원 볼 투 스트라이크.

이제 브래드 던이 무조건 타격을 할 것이란 판단이 들었다.

태식도 피할 생각은 없었다.

'원하는 코스로!'

슈아악!

태식의 손을 떠난 공이 몸 쪽 코스로 날아들었다.

아까의 아쉬움을 풀 요량일까.

브래드 던이 몸 쪽 코스로 파고드는 공을 확인하자마자 일말의 망설임도 없이 힘껏 배트를 돌렸다.

부우웅!

헬멧이 벗겨질 정도로 크고 역동적인 스윙.

그러나 브래드 던이 휘두른 배트는 허공을 갈랐다.

"스트라이크아웃!"

브래드 던을 헛스윙 삼진으로 돌려세운 태식이 고개를 돌렸다.

132km.

전광판에 찍힌 구속을 확인한 태식이 만족스러운 표정을 지었다.

딱!

대승 원더스의 6번 타자 민경상이 휘두른 배트에 걸린 타구는 유격수 쪽으로 향했다.

평범한 내야 땅볼.

침착하게 타구를 잡아낸 유격수가 1루로 송구해 아웃 카운트를 잡아내며 대승 원더스의 2회 초 공격도 삼자범퇴로 끝이 났다.

더그아웃으로 천천히 걸어 돌아오던 태식이 전광판을 살폈다.

133km.

민경상에게 내야 땅볼을 유도해 낸 구종은 체인지업이었다.

총 투구 수 23개.

'투구 수 관리도 잘됐어!'

비록 1회 초에 비해서 투구 수가 조금 늘어났지만, 2회 초에도 투구 수 관리가 무척 잘된 편이었다.

공격적인 피칭을 한 덕분이었다.

"구상했던 대로 흘러가고 있다!"

오늘 경기의 선발투수로 나선다는 통보를 받은 후, 태식은 어떤 식으로 경기를 운영할지에 대한 구상을 했었다.

그리고.

현재까지는 태식이 했던 구상에서 빗나가지 않고 잘 진행되고 있는 편이었다.

"체인지업이 통한다!"

투 스트라이크 이후에 공격을 시작하는 대승 원더스의 타자들을 요리하기 위해 태식은 직구만 사용했던 1회와 달리 2회에는 체인지업을 섞기 시작했다.

체인지업은 이미 공개한 구종.

이닝 이터 역할을 하기 위해서는 투구 수 관리가 무척 중요했고, 그래서 체인지업을 섞어 던지기로 결심했던 것이다. 그리고 체인지업은 무척 효과적이었다.

직구 평균 구속과 10㎞ 이상의 구속 차이가 나는 체인지업은 대승 원더스 타자들의 타이밍을 빼앗는 데 성공했다.

4번 타자인 브래드 던을 헛스윙 삼진으로 돌려세우고, 6번 타자 민경상에게 내야 땅볼을 유도한 것 모두 체인지업이었다.

즉. 2회 초에 직구와 함께 섞어 던지기 시작한 체인지업이 결정구 역할을 해내며 투구 수 관리에 도움을 준 것이었다.

"바쁘네!"

더그아웃으로 돌아온 태식이 쓰게 웃었다.

오늘 태식은 투수로서 마운드에 설 뿐 아니라, 팀의 5번 타자로서 타석에도 들어섰다.

경험이 풍부한 편인 태식이지만, 한 번도 경험해 본 적 없는 상황.

그래서 무척 낯설었다.

또, 무척 바쁘기도 했다.

분주하게 타석에 들어설 준비를 마친 태식이 대기 타석으로 향했다.

2회 말의 선두 타자로 나선 것은 심원 패롯스의 4번 타자 이명기.

홈 팬들의 많은 기대를 받으며 타석에 들어선 이명기였지만, 데이브 로버츠의 싱커를 공략하는 데 실패했다.

원 볼 투 스트라이크 상황에서 싱커를 받아친 이명기는 유격수 앞 땅볼로 물러났다.

1사 주자 없는 상황에서 태식이 타석으로 들어섰다.

"투수가 타석에 들어섰다!"

"이거 실화냐?"

"여기가 메이저리그냐? KBO 리그냐?"

타석을 향해 걸어가던 태식이 희미한 웃음을 머금었다.

지금의 상황이 낯선 것은 태식만이 아니었다.

경기장을 가득 메운 관중들에게도 지금의 상황은 무척 낯설게 다가왔다.

그래서일까.

관중석의 술렁임이 커졌지만, 태식은 침착함을 유지하기 위해 애썼다.

'다를 것 없다!'

지난 경기들과 달라진 것은 하나.

수비 시에 우익수로 뛰다가 타석에 들어서는 대신, 마운드 위에서 공을 던지다가 타석에 들어서는 것이 유일한 차이였다. 그리고 이철승 감독이 지명타자를 활용하지 않고 태식을 타석에 들어서도록 하는 결정을 내린 것에는 분명한 목적이 있었다.

태식이 클린업트리오 가운데 한자리를 차지한 만큼, 타석에서도 능력을 발휘해 주기를 바라고 있었다.

그런 이철승 감독의 기대에 부응하기 위해서 태식이 신중하게 타석에 임했다.

슈아악!

데이브 로버츠가 던진 첫 공은 몸 쪽 직구였다.

파앙!

홈 플레이트를 통과한 직구가 포수의 미트로 파고든 순간, 묵직한 소리가 태식의 귓가로 파고들었다.

'빠르다!"

154km.

전력투구를 하고 있는 데이브 로버츠의 직구는 빨랐다.

또 공에 힘이 실려 있었다.

그리고 2구째.

슈아악.

데이브 로버츠는 싱커를 던졌다.

스트라이크존을 통과하다가 아래로 뚝 떨어지는 싱커의 궤적은 날카로웠다. 게다가 직구와 구분이 힘들 정도로 싱커의 구속은 무척 빨랐다.

부우웅.

143km.

헛스윙을 한 태식이 전광판에 찍힌 싱커의 구속을 확인하고 혀를 내둘렀다.

'지난번보다 더 위력적이야!'

태식이 데이브 로버츠와 상대하는 것.

이번이 처음이 아니었다.

시즌 중에 만났던 적이 있었다.

당시 심원 패롯스 타선은 데이브 로버츠를 공략하는 데 실패했고, 결국 경기에서 패하고 말았다.

그러나 데이브 로버츠를 무너뜨릴 기회가 없었던 것은 아니었다.

'투구 폼 차이!'

당시 데이브 로버츠를 상대로 고전하던 태식은 그를 공략할 방법을 찾던 도중 위화감을 느꼈다.

그 위화감의 원인을 찾아내기 위해 애쓰던 태식이 파악한 것이 바로 데이브 로버츠의 미세한 투구 폼 차이였다.

직구와 싱커를 던질 때, 데이브 로버츠의 투구 폼에는 작은 차이가 있었다.

직구를 던지기 전에는 투구 동작을 하는 데이브 로버츠의 글러브가 가슴에 닿은 반면, 싱커를 던지기 전에는 글러브가 윗배 부근에 머물렀다.

세심하게 관찰하지 않았다면 알아채기 어려운 미세한 차이.

태식은 데이브 로버츠를 상대하던 당시의 기억을 고스란히 갖고 있었다. 그래서 방금 전에도 데이브 로버츠의 투구 폼을 유심히 살폈다.

'직구!'

데이브 로버츠가 2구를 던지기 전, 그의 글러브는 가슴에 닿아 있었다. 그것을 확인하고 태식이 예측 스윙을 했지만, 그 예측은 빗나갔다.

데이브 로버츠가 던졌던 2구.

직구가 아니라 싱커였다.

'왜… 예측이 빗나갔지?'

예측이 빗나간 순간, 태식이 적잖이 당황했다.

'투구 폼의 차이가 있다는 것을 알아채고 의식하면서 공을 던진다?'

가장 먼저 든 생각이었다.

그러나 태식은 이내 고개를 내저었다.

그 한 경기가 끝이 아니었다.

오늘 경기를 앞두고 데이브 로버츠가 등판했던 경기들의 비디오 분석을 철저히 했다. 그 결과 직구와 싱커를 던질 때의 미세한 투구 폼 차이가 존재한다는 것을 확인했다.

오늘 경기 이전의 등판들에서도 그 미세한 투구 폼 차이가 유지되고 있다는 것을 분명히 확인했었는데.

'그런데 왜 오늘은 투구 폼의 차이가 없지?'

타석에서 물러난 채 고민에 잠겼던 태식이 어서 경기를 재개하라는 주심의 재촉을 받고서 다시 타석으로 들어섰다.

'예측이 불가능하다!'

정확한 이유는 파악하지 못했지만, 이전 경기에서와 달리 오늘 경기에 선발투수로 등판한 데이브 로버츠에게서는 투구 폼 차이를 발견할 수 없었다.

즉, 투구 폼 차이를 통해서 구종을 예측하는 것이 불가능한 상황이었다.

노 볼 투 스트라이크.

'눈 야구!'

타자에게 압도적으로 불리한 볼카운트에 몰린 태식이 떠올린 것은 눈 훈련이었다.

투수의 손에서 공이 떠난 순간, 실밥의 회전을 통해서 구종을 확인하고 타격을 하는 것.

여전히 완성과는 거리가 멀었다.

그렇지만 위기 상황에서 어떤 해법이 될 수 있을 거란 생각이 퍼뜩 들었다.

'시도해 보자!'

태식이 집중하기 시작한 순간, 데이브 로버츠가 3구를 던졌다.

슈아악!

'직구!'

태식이 망설이지 않고 배트를 휘둘렀다.

딱!

그러나 타이밍이 늦었다.

153㎞의 직구 구속을 배트 스피드가 따라가지 못했기 때문
이다.

'버틸 때까지 버텨 본다!'

3루 측 파울 라인을 벗어난 땅볼 타구를 확인한 태식이 두
눈을 가늘게 좁힌 채 타석으로 들어섰다.

『저니맨 김태식』 8권에 계속…